AF397524

Megafonen

*som ingen
ville lyssna på*

Linda Meyer

Förlag: BoD – Books on Demand, Stockholm, Sverige
Tryck: BoD – Books on Demand, Norderstedt, Tyskland

ISBN: 978-91-7969-919-2

Kapitel 1

Hyreshuset på Björkgatan 24 i Falköping var inte särskilt välisolerat, vilket de boende blev varse när professor Elaine Miltons experiment sände en stark vibration genom fastigheten.

Skalvet var en konsekvens av Elaines första testning av sin nya uppfinning. Hon hade just kopplat in den i bostadens elnät och visst höll propparna som hon hade förutspått men den stora antenn-plåtburken började skaka något fruktansvärt. Golvet vibrerade till den grad att Elaine tappade balansen. Hon stod på huvudet i sin välskötta våning och det dröjde cirka tio sekunder innan hon hade hämtat sig tillräckligt för att lyckas kravla sig fram till eluttaget. Med ett skarpt ryck drog hon ut kontakten och den tillfälliga jordbävningen i fastigheten upphörde lika tvärt.

Tio sekunder var allt som behövdes. Under denna tid hann Elaines uppfinning ställa till rejält med oreda för grannarna i hyreshuset.

Den mindre jordbävningen gick sannerligen inte obemärkt förbi. Hittills hade Elaine lyckats hålla sitt intresse för att uppfinna hemligt och ingen i hyreshuset hade därför en aning om vad som pågick.

Utanför en av lägenheterna på den västra sidan av huset började solnedgången sprida sitt varma ljus över ett välbevarat parkettgolv. Vid den här tiden var det alltid tedags för det gamla paret som bodde där. Där satt således herr och fru Eriksson och smuttade på sitt te.

Just som den lokala jordbävningen brakade loss hade fru Eriksson rest sig upp för att motta ett telefonsamtal. I vad som kan beskrivas som en underlig manöver valde hon att föna håret samtidigt som hon pratade.

"Ja, du kan inte ana vilket liv det blev" sa Siw medan hårfönen brusade och brölade. "Bengtsson skulle nödvändigtvis ha ner enen. Han menade att den hade växt sig så stor vid det här laget att den täckte upp halva entrén. Jo, precis så sa han…. Vadå? Nej, nej. Inte direkt"

Hennes man Claes-Åke suckade. Skvallertanten Ulla brukade prata med hans hustru i evigheter. Testunden verkade förstörd. Men just som han tänkte det brakade Elaines uppfinning loss.

Om testunden var förstörd sedan tidigare så var den verkligen oåterkalleligt fördärvad nu. Claes-Åke spillde allt sitt te på den gamla ärvda persiska mattan från sin svärmor. De tio sekunderna passerade som i ett töcken och Claes-Åke grep tag i fåtöljens armstöd för att inte falla i backen.

I samma stund som Elaine drog ut kontakten till sin uppfinning lade fru Eriksson på telefonen.

"Kan jag ringa upp dig igen lite senare?" frågade hon sin väninna. "Det har hänt en sak här som jag bara måste ta hand om först"

Skvallertanten Ulla godtog med all sannolikhet det här förslaget men inte utan att först ha fått in ett:

"Jo, men visst Siw. Vad är det som har hänt menar du?"

Men Siw hade redan lagt på.

Knappen på hårfönen slogs av och röd om kinderna tog Siw några korta steg mot Claes-Åke. Maken satt i sin fåtölj och såg allmänt förvirrad ut.

"Milda makter!" utropade han. "Vad var det där?"

Siw tog ytterligare några korta steg mot honom. Korta steg signalerade stor irritation i hennes fall.

"Jag ska tala om för dig vad det var" sa hon med kyla i rösten. "Det var du som förstörde mammas persiska matta"

"Men människa, märkte du inte av jordbävningen" sa Claes-Åke som inte höll inne med sin bestörtning.

"Försök inte med några undanflykter. Åh, vad jag är besviken på dig. Du vet ju hur mycket jag tycker om den här mattan"

Plötsligt verkade ljuset gå upp för Claes-Åke.

"Det var förstås hårtorken och telefonsamtalet" utbrast han. "Du märkte ingenting. Men det var en jordbävning Siw. Det säger jag, en jordbävning…"

"Du ska då alltid överdriva. Jag är trött på dig. Så trött!"

Och där var första ronden i grälet igång men, kära läsare, vi ska inte dröja kvar och lyssna på något så långrandigt.

Låt oss istället uppmärksamma några fler händelser i hyreshuset denna kväll.

På våning ett, som låg i markplan, bodde Amanda och Albert. Fast inte i samma lägenhet. Amanda hyrde rummet till höger om entrén och Albert rummet till vänster om entrén.

Amanda höll på att koppla in sin nya mikrovågsugn när skakningarna i huset började. Det var inte mer än naturligt att hon trodde att den nya hushållsapparaten var orsaken till allt tumult.

"Det var värst vad det var drag i den här" mumlade hon och aktade sig noga för att stödja sig mot diskbänken medan marken skakade under hennes fötter. Hon drog hastigt ut sladden. Det dröjde tyvärr några sekunder innan den synnerligt lokala jordbävningen upphörde.

"Såja, stilla…" sa hon till mikrovågsugnen och klappade den lite tafatt innan den äntligen slutade att vibrera iväg över diskbänken.

"Herregud" tänkte Amanda. "Vad har jag ställt till med?"

I Alberts lägenhet höll samtidigt något väldigt intressant på att hända. Där fanns de fem bandmedlemmarna i musikgruppen Everrock samlade. I vanliga fall brukade de fem vännerna vara en högljudd skara men för ögonblicket var allihop helt knäpptysta. Albert hade byggt upp ett högt korthus framför sig på köksbordet. Han var nämligen speciellt stadig på hand och trodde sig kunna slå Guiness-rekord i korthusbygge.

Och Albert var duktig, inte ett tvivel om den saken. Korthuset hade växt sig riktigt högt. Alberts, vanligtvis så stadiga, hand började darra. Munnen var sammanbiten och han aktade sig noga för att låta gitarristens eller trummisens mobiler distrahera honom. De var fullt upptagna med att dokumentera rekordförsöket medan Alberts fokus var att lyckas med konststycket. Han hade redan ställt sig på bordet för att nå och började så sakta bekymra sig för om takhöjden skulle räcka till. Vännerna runt bordet höll andan. Bara några kort till…

Det är väl knappast nödvändigt att berätta vad som följde. Men jag gör det ändå.

Elaines uppfinning skulle nödvändigtvis ställa till oreda i just denna stund. Ingen försynt och lågmäld människa skulle vilja upprepa de svordomar som bandmedlemmarna yttrade när korthuset föll som ett... korthus.

I vilket fall blev nog Albert argast av dem alla. Det var ju ändå han som hade lagt ner mest arbete på företaget.

Näst argast blev gitarristen Fredrik som tappade sin mobil i golvet så att skärmen gick sönder.

Under loppet av de tio sekunder som skakningarna höll i sig var det två hyresgäster som befann sig i trappuppgången. Den ene, en ung man som hette Zacharias, var på väg uppför trappan till andra våningen. Maja däremot, den gama damen som bodde på andra våningen, var på väg nerför trappan. Hon var ökänd i hyreshuset, och troligtvis även i hela Falköping, för att höra dåligt. Hon hade upprepade gånger haft på sin TV alldeles för högt och Claes-Åke brukade ofta klaga på det när hyresrättsföreningen hade möte. Det var något lättare att lyfta problemet med Maja på mötena eftersom hon aldrig tycktes uppfatta när någon ringde på hos henne. Siw sa till sin make att det berodde på de gamla ringklockorna i hyreshuset men Claes-Åke var säker på att Maja hörde det hon ville höra. Det var i alla fall tydligt att hon inte hade för avsikt att lyssna på klagomål om volymen på sin TV.

Maja var, på grund av sin ålder, också en aning darrig i kroppen. På grund av dessa omständigheter lade hon lika lite märke till skalven i huset som Siw Eriksson i lägenhet 2A. Det enda som Maja såg, för det gjorde hon utan svårigheter, var 25-årige Zacharias som vinglade i trappan. Han vinglade så till den grad att han fick gripa tag i trappräcket för att inte falla omkull. Maja såg detta alldeles utomordentligt. Själv höll hon redan ett hårt tag om räcket och nu stod den här ynglingen i hennes väg. Det fanns inget annat alternativ för Maja än att putta undan honom med sin käpp. Zacharias såg förvirrad ut när Maja grälade på honom med aningen för högljudd ton på grund av sin dåliga hörsel.

"Pojkvasker att stå i vägen för en gammal kvinna! Tror han inte att jag har bättre användning för räcket? Och full är han också, fastän klockan inte är mer än åtta. Det finns ingen respekt för oss äldre bland ungdomen nu för tiden, säger jag. Hör du det?"

Innan Zacharias hann svara, försvann Maja frustande nerför trappan.

'Vad var det egentligen som hände?' tänkte han. 'Var det hon som orsakade det där skalvet?'

Vi lämnar Zacharias i trappuppgången. Hans slutledningsförmåga var milt sagt ur balans.

Och då studerar han ändå statistik på hög nivå.

Nåja, vi lämnar det för tillfället. Det är nämligen en sista person som behöver omnämnas i hyreshuset på Björkgatan 24.

Namnet på denna person är Bengt Bengtsson och han hyr lägenhet 3B som ligger på samma våningsplan som Elaines.

Bengt Bengtsson var en medelålders man med god hälsa. Hans enda last var kakor..., samt möjligtvis det faktum att han var ekonom. Han satt i sin tygsoffa och tittade på Allsång på Skansen när Elaines uppfinning brakade loss. TV-skärmen blev alldeles suddig så som den vibrerade mot underlaget och ljudet från högtalarna förvrängdes.

"Stokkhlm… bzzz… mm hjere" lät det när signaturmelodin blev saboterad av Elaine. Bengt blev rejält förbannad. Inte för att Stockholm blev Stokkhlm, nej han var ju falköpingsbo och inte stockholmare, men han hade just varit på väg att doppa en chokladkaka i sitt kaffe och nu var den vita tygsoffan inte längre så vit. Dessutom hördes en röst från köket:

"Överge fartyget. Kraa. Hoppa i sjön. Kraa!"

Bengt reste sig hastigt från soffan och skyndade ut i köket där en färgglad papegoja satt på sin sovpinne. Bengt kliade fågeln lugnande på huvudet. Papegojan var ett minne från en gammal vän till Bengt som hade gått bort året innan. Vännen hade varit en båtintresserad ekonom och Bengt kunde inte annat än att häpna över alla seglartermer som Pingo hade lärt sig av honom. När Pingo hade lugnat ner sig valde Bengt att bege sig ut i trappuppgången för att se vad som egentligen stod på. Han var inte ensam om att göra det. Albert och hans fyra bandmedlemmar kom gormande uppför trappan med avsikt att konfrontera den första människa som de såg.

"Vad tusan händer här?" ropade Albert till Zacharias och resten av gänget instämde. Zacharias hade åter tagit stöd mot trappräcket och skulle just svara något när Claes-Åke stormade ner till dem, tätt följd av Siw. De kom i sådan fart att Bengt nästan blev omkullknuffad.

"Ursäkta Bengt" sa Siw medan hennes make blint fortsatte nerför trappan. "Har det verkligen inträffat, ja vad man skulle kunna kalla, en lokal jordbävning här alldeles nyss?"

"Det där var ingen jordbävning. Det var ett attentat mot min soffa och Pingo" utbrast Bengt förbannat.

"Soffa, Pingo?" frågade Siw entonigt.

Bengt muttrade något ohörbart och anslöt sig till resten av den allt större folkmassan i trappan mellan första och andra våningen. En lång stund hördes inget mer än oroliga röster som talade i munnen på varandra. Till slut fick Bengt nog och försökte återställa ordningen genom att ropa:

"Tystnad!"

Alla utom Claes-Åke blev knäpptysta.

"En jordbävning. Det är ju förfärligt. Där hör du Siw! Jag är helt oskyldig till att ha förstört den där mattan som du ärvde från din mamma…"

Här tystnade också Claes-Åke. Han såg lätt generad ut, precis som man gör efter att ha råkat prata om sin svärmors matta i samma ögonblick som alla andra har blivit fullkomligt tysta.

"Nu tar vi det lugnt här" sa Bengt. "Det där var ingen jordbävning"

"Hur vet du det?" undrade Siw och tänkte i samma stund att hon gärna ville få en förklaring till vad Pingo var för något. Det var möjligt, insåg hon, att Bengt hade menat att han hade spelat pingis. I vilket fall var det en lustig felsägning.

"Jag vet det eftersom jag har rest mycket i mitt liv. Jag var med om ett mindre skalv i Italien och det hade inga likheter med det här"

"Vad det än är, så tycker jag att den ansvarige borde få stryk" sa Albert.

Vi får förlåta honom för uttrycket.

Han var fortfarande djupt besviken över att inte ha blivit historisk i sitt korthusbygge.

Zacharias harklade sig försynt.

"Det var ingen jordbävning. Rent statistiskt är det väldigt osannolikt i den här delen av världen."

Albert gav honom en sur blick.

"Vad var det då, och vem är ansvarig?"

"Om vi tänker efter. Det kanske är någon i huset som har råkat slå ut propparna eller något i den stilen. Är alla verkligen här?" frågade Siw diplomatiskt.

"Vad spelar det för roll? Jag vill hitta den skyldige" sa Albert bistert.

"Jo, men tänk om det är den som inte är här som är den skyldige" försökte Siw förklara.

Bengt tog över ordet.

"Helt rätt. Då ska vi se. Albert med vänner är här…"

"Everrock är samlade" sa gitarristen Fredrik.

"Mm, precis" sa Bengt. "Vi har herr och fru Eriksson, Zacharias och så mig själv. Maja är inte här. Amanda och Elaine saknas också"

"Jag mötte Maja i trappan när allt det här började" sa Zacharias trött.

"Hon är alltså oskyldig" sa Bengt och tänkte att det var fantastiska nyheter. Om de hade blivit tvungna att konfrontera Maja så hade det varit dömt att misslyckas.

'Hon hör ju inte ett jota' tänkte Bengt. 'Det var en mardröm den gången då jag försökte få henne att dra ner volymen på sin TV'

"Det betyder att förövaren är en kvinna" sa Albert.

"Maja är också en kvinna" sa gitarristen Fredrik lågt.

"Hon liknar i alla fall ingen som jag har träffat tidigare" svarade Albert.

"Eftersom Amandas lägenhet är närmast tycker jag att vi knackar på där först" sa Bengt bestämt och överröstade dem alla.

Amanda öppnade med en skuldmedveten min. Hennes vita foxterrier dök upp strax bakom henne och skällde irriterat på besökarna. Utanför hennes dörr syntes nio arga ansikten.

"Jaså, det är alltså du som har orsakat den här röran" sa Bengt allvarsamt när han såg hennes ansiktsuttryck.

"Jag är ledsen" sa Amanda. "Jag är hemskt oteknisk"

"Min dyrbara persiska matta är förstörd" klagade Siw Eriksson. "Jag kräver ersättning"

"Kakor och fågelfrön till mig som plåster på såren" sa Bengt. "Och gärna en ny soffa"

"Guiness rekordbok säger jag bara…" började Albert.

"Mitt te hamnade på hennes matta"

"Stopp!"

Alla vände sig förvånat om och stirrade på Zacharias. Han antog nästan formen av en stillastående staty och såg överraskande barsk ut. När han upptäckte att han plötsligt hade förflyttats till händelsernas centrum återfick han sin osäkerhet och harklade sig nervöst:

"Jag tycker att ni går väl hårt fram med Amanda. Det är inte mer än rimligt att vi först frågar henne hur det här gick till."

Amanda nickade tacksamt mot Zacharias.

"Jag kopplade in min nya mikro. Den började skaka något fruktansvärt"

Alla gapade förvånat mot henne i dörröppningen.

"Det är ju inte riktigt klokt. Tillverkar de sådana förpestade mikrovågsugnar nu också!" utbrast Albert.

"Det är väl klart att de inte gör" sa Bengt. "Zacharias, vad har du att säga om saken? Jag vet hur påläst du är om allt mellan himmel och jord"

Än en gång fick Zacharias chansen att träda fram som den mest allmänbildade i sällskapet. Han tog mod till sig och sa sin mening:

"Det är ytterst osannolikt att en mikro skulle orsaka det stora skalv som vi just har varit med om. Jag är säker på att Amanda är oskyldig."

Amanda såg oerhört lättad ut medan hennes grannar började skruva lite på sig.

"Okej då" sa Claes-Åke motsträvigt och tillade:

"Då återstår Elaine."

"Jag tar täten" svarade Bengt och vände sig om för att ta trapporna upp till tredje våningen.

"Jag tror att jag följer med er för att få klarhet i det här" sa Amanda och riktade sig till Albert som stod närmast men som olyckligtvis inte hann höra vad hon sa. Han och bandmedlemmarna var redan hack i häl efter Bengt uppför trapporna.

Zacharias tycktes inte ha samma brådska.

"Vilken fin hund" sa han när Amanda kopplade foxterriern och kom ut i trappuppgången.

"Tack. Jag tänkte att han får följa med" svarade hon. "Han vill nog också ha svar på vad det där skalvet var för något"

"Jovisst" svarade Zacharias. "Det är högst troligt"

När Zacharias och Amanda anslöt sig till grannarna på tredje våningen förstod de att de inte hade missat något väsentligt. Dörren till Elaines lägenhet var fortfarande stängd. Albert bankade på dörren och man kunde höra honom ropa:

"Hallå! Är du hemma eller? Elaine!"

Siw vände sig om och sa till Zacharias:

"Bengt ringde först på hennes ringklocka men vi hörde ingen signal. Verkar som den är trasig"

"Det låter som en rimlig slutsats" sa Zacharias.

"Hon kan vara på jobbet eller på tåget" föreslog Claes-Åke när det fortfarande var tyst i lägenheten.

"Hon pendlar ju ända till Chalmers om dagarna"

I samma stund hördes en dundrande röst från Elaines lägenhet:

"Sluta upp med det där bankandet. Jag ska öppna"

Några ögonblick senare slogs dörren upp. Albert ryggade hastigt tillbaka och undvek i sista stund att träffas av dörrkarmen. Grannarna skulle just till att börja framföra sina klagomål när deras blickar fästes vid Elaine. Hon bar en jeansdräkt över en skjorta med uppkavlade ärmar och hennes rödblonda hår var fäst i en lös knut i nacken. I bakgrunden steg rök inifrån lägenheten. Elaine hade sot i ansiktet och på kläderna. Grannarna stirrade på henne. Ingen av dem fick fram ett enda ord.

"Eftersom ni insisterar så kan jag bara säga detta..." sa Elaine. "Välkomna!"

Hon såg onekligen nöjd ut.

Kapitel 2

Amanda hade lite svårt att placera Elaines ansikts-uttryck när grannarna, i ren allmän förvirring, steg in i lägenheten. Hos Elaine fanns helt klart ett triumferande drag som anstår den som nyss lyckats åstadkomma något häpnadsväckande. Men det gick inte Amanda förbi att grannen var en smula irriterad. Hon flyttade hastigt på en radda papperskassar som stod i hallen för att de överhuvudtaget skulle kunna ta sig in i lägen-heten. Under tiden kastade hon en ogillande blick på dem och viftade otåligt att de skulle följa efter.

"Vad i all sin dar är det som ryker så förbannat?" frågade Bengt och blev stående i hallen. Claes-Åke hade tagit lite skydd bakom grannens breda ryggtavla för att vara på det torra om något skulle explodera inifrån lägenheten. Claes-Åke hade aldrig riktigt litat på den där Elaine i 3A. Hon var allmänt asocial och besvärlig, tyckte han, plus det faktum att hon aldrig ställde upp på städdagarna. Siw och Claes-Åke hade tvärtom för vana att alltid ställa upp på städdagarna. Nåväl, kanske inte alltid Siw men i alla fall Claes-Åke.

"Ryker det?" frågade Elaine och såg genuint förvånad ut. Amanda försökte vara behjälplig och pekade ut rikt-ningen varifrån röken kom. Elaine tog sig för pannan.

19

"Kanelbullarna!" utropade hon och kastade sig in i köket för att rädda det som räddas kunde. Bengt var inte sen med att följa efter. Albert och hans band var av mer misstänksam natur. De valde att fortsätta in i vardagsrummet medan Amanda och Zacharias hängde på. Kanelbullarna intresserade dem inte nämnvärt. Nu var det istället läge att säkra bevis och få svar på vad som hade orsakat tumultet i hyreshuset. Claes-Åke blev kvar i hallen, utan att veta i vilken riktning han skulle bege sig, men när Siw gick in i köket följde han hennes exempel.

"För sent är jag rädd" sa Bengt högt. Elaine hade tagit ut kanelbullarna ur ugnen. De var täckta av ett bränt lager och såg inte mycket ut för världen. Bengt knackade en av bullarna mot diskbänken. Det klang till.

"Inget att göra åt" sa Elaine besviket.

"Får jag fråga en sak?" sa Siw försynt.

"Det kan du väl få"

"Varför är du alldeles sotig i ansiktet?"

"Äsch, det är väl inget" sa Elaine. "Det är inte ens sot, bara kaffepulver som jag fick på näsan när jag doftade på kaffet i kaffeburken"

"Jag förstår inte riktigt" erkände Siw. "Man doftar väl inte på kaffet i kaffeburken?"

"Brukar inte du göra det?"

"Jag får i alla fall inte kaffepulver i ansiktet och på kläderna för den sakens skull" sa Siw och såg lite beskt på Elaine.

"På kläderna? Ah, det är väl den svarta fernissan då?"

"Vilken fernissa?" frågade Claes-Åke.

Han fick en distinkt känsla av att Elaine försökte dölja något.

"Den jag har målat med, den svarta lackfärgen. Jag använde röd lackfärg också. Visst är det underligt att jag inte kladdade ner mig med den med?"

"Jag har en distinkt känsla av att du försöker dölja något" sa Bengt till Elaine.

"Jag förstår inte hur du kan få den uppfattningen"

I vardagsrummet hade bandmedlemmarna, Amanda, Zacharias och foxterriern precis stigit in. Rummet var anmärkningsvärt välstädat. Vad de hittills hade sett av Elaines lägenhet talade inte för att hon var överdrivet pedantisk av sig när det gällde städning.

"Det är något som inte stämmer här" sa Albert och tog en vända förbi Elaines kuddbeklädda soffa med tillhörande soffbord i klaraste glas. Zacharias pekade på tavlorna på väggarna.

"De ser påkostade ut" sa han fundersamt. "Som en avbild av modern konst. Vilka färger, va!"

"Det ser ut som om de hänger snett men det gör de ju inte" sa Amanda med ett leende.

Zacharias såg oförstående på henne.

"Jag fattar" utbrast Albert. "Elaine har hunnit ställa i ordning allt efter skalvet innan vi kom hit. Jag slår vad om att hon är den skyldiga!"

"Fattades bara det" tänkte Zacharias. "Hur sjutton kunde han räkna ut det så snabbt?"

"Vi ska inte slå vad om någonting Albert" insköt gitarristen Fredrik. "Du är fortfarande skyldig Axel för att du misslyckades med korthuset."

Trummisen och Albert började en livlig diskussion om vem som egentligen bar ansvaret för att korthuset hade rasat. Under tiden funderade Zacharias på om han kunde säga något tänkvärt som kompenserade för hans tidigare brist på insikt kring tavlorna.

"Ursäkta mig" sa Amanda försiktigt. Ingen lyssnade på henne.

"Ursäkta mig!" upprepade hon. "Har ingen funderat över vad det där är?"

Hon gjorde en gest mot ett stort TV-liknande föremål som stod längs ena väggen i rummet. Det var täckt av en vit linneduk. Ovanpå duken stod en vas med en enkel ros.

"Du vet hur det är med äldre personer" sa Albert.

"Det såg likadant ut hos min mormor när hon var i livet. Hon skulle alltid täcka över TV:n med en duk så att den såg mer presentabel ut."

"Elaine är bara i 40-årsåldern" insköt Zacharias.

"Gammal är äldst" sa gitarristen Fredrik.

Albert ryckte på axlarna.

"Okej, okej. Jag fattar vinken."

Han gick fram till det TV-liknande föremålet och lyfte undan vasen med blomman. Eftersom Amanda stod närmast fick hon den i famnen och såg plötsligt en aning generad ut. Albert skulle just dra undan linneduken när Zacharias utbrast:

"Vänta! Vi borde kanske…"

Men i samma stund hade Albert hunnit avlägsna duken och antenn-plåtburken trädde fram i vardagsrummets belysning. Den hade något som liknade en stor tratt, målad i röd lackfärg, på ena kortsidan. För övrigt var uppfinningen målad i svart-rött zebramönster.

Amanda kände sig yr bara av att titta på de grälla färgerna.

"Herrejädrans!" ropade Albert med alla röstresurser som han hade till sitt förfogande. "Kom och titta på det här. Bengt, Claes-Åke!"

Bengt och Claes-Åke skyndade sig ut i vardagsrummet. Siw kom hack i häl. De häpnade när de såg källan till hyreshusets senaste vedermödor.

"Inte undra på att propparna gick" sa Siw. "Bildligt talat, alltså" tillade hon.

"Vad är det där för något?" frågade Claes-Åke.

"Någon sändare kanske? Den har antenner" konstaterade Zacharias.

"Den har en tratt också" sa Bengt. "Jag har ingen aning om vad det är"

Plötsligt blev alla medvetna om att Elaine hade klivit in i vardagsrummet. Hon såg ganska slutkörd ut. Det verkade som om dagen hade bjudit på mer action än vad hon hade upplevt på länge.

"Det är ingen tratt" sa hon besviket. "Ser ni inte att det är en megafon? Jag hade tänkt kalla den megafonen och så kommer ni här och säger att det är en tratt!"

"Vad ska du med en megafon till?" frågade Claes-Åke.

"Ja, säg det" svarade Elaine. "Uj, uj, vad mycket arbete som kvarstår. Jag är ganska trött, så om ni inte vill bli bjudna på kaffe och brända kanelbullar så kanske ni ska gå nu"

"Vänta här ett slag" sa Bengt. "Om hyresvärden får reda på att du orsakar skalv i hela huset på grund av den där..."

"Caspar Richardsson är mitt sista problem i nuläget" sa Elaine. "Oroa er inte. Det ska jag ordna med. Precis som allt annat."

Hon slog sig ner i sin kuddbeklädda soffa och väntade uppenbarligen på att de skulle lämna hennes lägenhet. Samtliga grannar hade en aning för stor respekt för Elaine för att inte lyssna på uppmaningen. De befann sig, trots allt, i hennes lägenhet och där var det hon som bestämde. Efter att grannarna hade framfört sina klagomål, nu riktade till rätt person, sa Bengt strängt:

"Du får lova oss att det här inte upprepas"

"Ni har mitt ord" sa Elaine med lika stort allvar. "Jag tror att jag vet vad som gick fel"

Hur lite Bengt än fann det svaret betryggande så valde han att lämna lägenheten och gå ut i trapphuset. Claes-Åke drog dock benen efter sig. Slutligen var han ensam kvar i hallen och snörade sina skor. Elaine reste sig upp och gick för att fösa ut honom i trapphuset.

"Bara en fråga till Elaine" hann Claes-Åke säga innan hon stängde dörren om honom. "Vad sjutton ska du med en megafon till!?"

Kapitel 3

Det var ett modstulet gäng som lämnade Elaines lägenhet. I paret Erikssons värld hade skalvet i hyreshuset varit årtiondets händelse men Elaines nedtonade reaktion och förklaring gjorde dem inte ett dugg klokare på vad som egentligen hade inträffat. Bengt gick in till sig i 3B med en förevändning om att han behövde se efter att Pingo mådde bra. Innan han lämnade dem sa han kort till Claes-Åke:

"Bra att vi kom överens om enen vid entrén till slut. Jag tänkte ta ner den imorgon"

"Hm…, bra" sa Claes-Åke fast det var det sista han tyckte. Han tittade på Siw som nickade gillande mot honom.

Zacharias tog trapporna upp till sin vindsvåning efter att först ha sagt hejdå till sina grannar. Vindsvåningen på Björkgatan 24 var förvånansvärt stor och modern. Nackdelen var att den hade snedtak vilket innebar att Zacharias bara kunde gå upprätt i köket och i hallen.

"Ja, då får vi väl gå in till oss" sa Siw till sin make när de nådde andra våningsplanet. "Vi har lite att städa upp och du får skicka mammas matta till kemtvätten runt hörnet"

"Ska jag göra det?"

"Det ska du. Du kan behöva ha något konstruktivt att göra imorgon" svarade Siw.

På första plan skiljdes slutligen Amanda från medlemmarna i Everrock.

"Tråkigt med ert korthus" sa hon och tyckte i samma stund att hon kunde ha sagt något mer tänkvärt. Albert verkade dock tycka att det var tänkvärt för han svarade fundersamt:

"Äh, det fixar sig. Jag börjar tro att vi behöver hitta ett annat sätt att marknadsföra vårt band och vår musik. Vi har inte haft några spelningar på ett tag"

"Hoppas att det ordnar sig för er" sa Amanda innan hon gick in till sig. Foxterriern följde lydigt med.

När nattens mörker sänkte sig över hyreshuset på Björkgatan verkade dagens händelser redan en aning passé. Livet återgick i sin stilla lunk. Amanda satt just med sin kopp te med honung i sin lägenhet när det plötsligt ringde på dörren.

"Vill du öppna!? Det är Elaine" hördes det utifrån trapphuset. Amanda skyndade till dörren och öppnade. Elaine stegade in i lägenheten som om hon ägde stället och klappade i förbifarten foxterriern på huvudet.

"Jag skulle just gå och lägga mig" utbrast Amanda. "Vad är det som har hänt?"

Hon lät nog en smula förfärad när hon uttalade de orden för Elaine vände sig om och sa:

"Lugn. Det är ingen ko på isen. Förlåt att jag besvärar så här sent. Jag ska med tåget till Stockholm och behövde stanna till här innan jag åker"

Mycket riktigt. Amanda lade märke till att Elaine bar med sig en turkos resväska.

"Ska du ut och resa?"

"Bara för en vecka" svarade Elaine. "Jag behöver få tag på lite delar till min uppfinning… en speciell typ av katalysator bland annat. Och en kraftfull transformator, samt en torktumlare"

"En torktumlare?"

"Inte till uppfinningen såklart. Den är till mina kläder"

"Såklart" sa Amanda.

Elaine hällde upp en kopp te till sig själv och drack det på stående fot.

"Du får ursäkta mig om jag är en aning disträ men jag har det lite stressigt just nu" sa Elaine. "Du har det fint här förresten! Jag kom för att ge dig nyckeln till min lägenhet så att du kan vattna växterna. Jag har mestadels hortensior och ovanliga rosenväxter"

"Jag har inte speciellt gröna fingrar" sa Amanda.

"Det ordnar sig. Jag brukar ge Siw uppdraget när jag är iväg men efter allt som har hänt idag tyckte jag att det vore säkrare om du får min hemnyckel istället"

"På vilket sätt säkrare?" frågade Amanda tveksamt.

"Du känner ju inte mig så bra. Vi har aldrig pratat med varandra så här länge överhuvudtaget"

"Jag vet att du arbetar i kassan på närbutiken…, men om sanningen ska fram så litar jag inte på att lämna min nyckel någonstans i närheten av Claes-Åke. Jag är rädd att han ska få för sig att undersöka Megafonen"

"Jag tror inte att han är ensam här i hyreshuset om att vilja det" sa Amanda.

"Precis" sa Elaine.

Hon ställde ner tekoppen i diskhon och fortsatte:

"Därför anförtror jag dig med hedersuppdraget. Kom ihåg att mina växter behöver vattnas en gång per dag"

Hon lämnade över nyckeln till Amanda och lyfte upp sin turkosa resväska för att lämna lägenheten.

"Låt ingen röra vid uppfinningen" sa hon bestämt och gick mot dörren. "Jag litar på dig"

Kapitel 4

I 2A vaknade Claes-Åke med ett ryck. Ett skränande läte som liknade Morgonnyheterna dundrade genom väggen från Majas lägenhet. Bredvid honom satt Siw redan upp i sängen.

"Klockan är prick 8" sa hon glatt. "Säga vad man vill om Maja men hon är i alla fall punktlig. Det finns ingen anledning att investera i en ny väckarklocka så länge hon är i livet"

"Jag försöker att se positivt på det här, Claes-Åke" tillade hon när maken gav henne en sur blick.

Så var det plötsligt som om Claes-Åke kom att tänka på något viktigt. Han reste sig upp och skyndade i väg för att hämta sina tofflor. Siw anade vad det handlade om.

"Idag ska Bengt ta ner enen!" ropade han utifrån köket. "En snabb frukost bara så kan jag kanske…"

"Älskling" sa Siw. "Låt Bengt ta hand om enen. Nu tar du och går med mattan till kemtvätten och stör inte honom."

"Men…"sa Claes-Åke.

"Nu gör du som jag säger. Jag vill inte att du bråkar mer med Bengt om den där dumma enen"

När Claes-Åke kom ner till entrén stod Bengt redan redo med hjälm och visir framför enen. Grannen tycktes överväga hur han bäst skulle ta sig an uppgiften att såga ner buskaget. Claes-Åke stannade till bredvid honom. Han bar med sig den persiska mattan i en svart soppåse.

"God morgon" sa Bengt artigt.

"Hej" sa Claes-Åke. "Du är medveten om att vi kommer att se vägen väldigt tydligt efter att du har tagit ner enen?"

"Jag är medveten om det" sa Bengt. "Men hellre det än att någon besökare får en halvrutten gren i huvudet när de går förbi. Om de nu kan gå förbi. Den har ju växt sig ut över halva stengången"

"Jo, men vägen här intill är ju väldigt trafikerad" sa Claes-Åke. "Bara så att du inte ångrar dig sen. Det är en fin en"

"Jag vet" sa Bengt. "Du har sagt det några gånger"

"Jag ska inte tjata mer" sa Claes-Åke. "Hör på mig va, som jag går på! Ta ner enen. Vi har ju kommit överens om det"

Han skrattade och viftade undan det hela som en bagatell för att sedan säga:

"Tycker du om att ha insyn från vägen så ska ju inte jag sätta käppar i hjulet för det"

"Hade du inget annat att göra?" frågade Bengt.

"Jodå. Att jag ska stå här och tjata! Det är väl typiskt. Jag skulle till kemtvätten. Ville bara prata med dig om enen först. Men vi är ju överens"

*

På tredje våningen i hyreshuset hade Amanda just stigit in i Elaines lägenhet. Hon granskade oroligt de många varianterna av rosor och hortensior som grannen hade på sina fönsterbrädor.

"Hur ska det här gå?" mumlade hon.

Foxterriern lade huvudet på sned i ett försök att förstå vad hon sa. Amanda kastade en blick på Megafonen.

Den zebramönstrade uppfinningen stod kvar där de hade lämnat den under gårdagen.

*

Under tiden, nere vid entrén, stod Bengt och försökte ta ögonmått på enen just som det massiva grenverket kraftigt svängde till. Bengt rundade enen och fick syn på Caspar Richardsson, hyresvärden, som just hade råkat gå rakt in i virrvarret av barr.

"Aj, som satan" sa han. "Vad är det här!? Jag trodde att du hade tagit ner enen vid det här laget"

Bengt gjorde en ansats att hjälpa Caspar ut ur enen men hyresvärden höll demonstrativt upp sin hand för att signalera att han kunde ta sig ut på egen hand.

"Det är hopplöst att gå förbi här om du samtidigt ska insistera på att titta i din mobil" sa Bengt irriterat. "Och nej, som du ser så har jag inte hunnit ta ner enen ännu. Men jag är ju ingen arborist heller. Det får ta den tid det tar"

"Det är billigast så" sa Caspar och borstade bort barr från sin kostym. Han hade alltid en aning för mycket vax i håret, men Bengt undrade om han inte hade råkat få med sig kåda från enen nu också. Han valde att inte säga något om det. När det gällde Caspar Richardsson gjorde man alltid bäst i att fatta sig kort. Allt man sa hade en tendens att användas emot en. Det var kanske inte så förvånande egentligen, för Caspar var politiker och satt i kommunfullmäktige så han hade väl vanan inne att slå sig fram här i världen.

"Jag ska inte störa" sa hyresvärden. "Jag kom bara för att dela ut några informationsblad"

'Jaha' tänkte Bengt. 'Då spar du på frimärkena'

Högt sa han:

"Visst. Vi får se om enen är nere när du kommer ut igen"

"Varför skulle den inte vara det?" sa Caspar förebrående och rundade samtidigt buskaget innan han fortsatte uppför stengången till hyreshuset.

Caspar råkade möta Maja redan på första våningen. Han hade just lagt på det första kuvertet i Alberts brevinkast när Maja kom nerför trappan och hälsade på honom.

"Jag är här för att informera om en kommande hyreshöjning" sa Caspar när hon stannade till och såg stint på honom.

"Uff, det är bara som man kan förvänta sig" sa Maja och skakade på huvudet.

"Jajamän. Kostnaderna ökar. Allt är dyrt numera och så har vi inflationen på det. Bara för att tala om vad hantverkarna tar betalt idag… Summa kardemumma så håller det inte som det är idag"

"Nej, verkligen inte!" utbrast Maja.

"Jag är glad att du känner så. Då har jag en i hyreshuset på min sida. Visserligen är ju arbetslösheten hög idag och tiderna är svåra för oss alla. Så jag förutspår att

det kommer bli en viss grad av protester häromkring,
men det får vi stå ut med. Eller hur?"

"Det har jag alltid sagt" instämde Maja. "I dagsläget
kallar man källarplan för våning 0 och det här är våning
1. Det är skamligt! Vi befinner oss på markplan och då
är det inte mer än rätt att detta är våning 0. Källarplan
ska kallas våning -1 eftersom man är under jord. Rätt ska
vara rätt. Så en våningshöjning, så att säga, vore helt på
sin plats. Jag är glad att han äntligen tar tag i det"

Caspar hann inte formulera ett svar. I samma stund
var det som om någon hade tryckt på knappen till en
högtalare. Ett raspigt ljud fyllde hela trapphuset och det
lät som om ett djur krafsade på något.

VAD GÖR DU! NEJ! LÅT BLI MEGAFONEN!

Det raspiga ljudet upphörde och högtalaren stängdes
av inom loppet av några sekunder. Caspar hörde ett
ettrigt hundskall innan allt tystnade.

"Vad sjutton var det?" sa Caspar upprört.

"En hund som skall, hörde han väl" sa Maja.

Hon skakade på huvudet och gick ut. Som på en given
signal kom Albert ut från sin lägenhet. Dagen till ära
hade han inte sällskap av sina bandmedlemmar.

"Hej Caspar. Gå ingenstans är du schysst!"
Han rusade uppför trapporna och lämnade hyresvärden
kvar på första plan eller, som Maja valde att säga för
klagomålets skull, på våning 0.

Kapitel 5

Det gick inte att påstå annat än att foxterriern Lou hade blivit en ganska bortskämd hund i Amandas omsorg. Han hade i alla fall inte alls för vana att få en tillsägelse; och det bara för att ha undersökt ett fientligt föremål i form av ett zebramönstrat monster i Elaines vardagsrum. Med modet som han hade uppvisat i denna svåra stund borde han helt klart ha blivit tilldelad en medalj, eller ännu hellre ett smaskigt ben. Otack var världens lön. Nu blev han istället åthutad och bortskuffad från tingesten i lägenhet 3A. Det tyckte han inte alls om, så han beslöt sig för att sätta sig och sura medan matte öppnade ett fönster i lägenheten för att få i sig en smula frisk luft.

I samma stund flög ytterdörren upp och Albert skyndade in i hallen. Någonstans i fjärran hördes Caspar Richardssons röst upprepa:

"Vad sjutton var det?"

Albert stängde hastigt dörren bakom sig.

"Är du inte riktigt klok?" utbrast han när Amanda kom inom synhåll. "Hyresvärden är här och tänk vad som skulle hända om han fick höra talas om Megafonen. Vad gör du här förresten?"

"Elaine bad mig sköta om hennes växter. Hon har åkt till Stockholm för en vecka" sa Amanda.

Albert rundade väggkarmen och fick syn på den vita foxterriern.

"Ah" sa han när hunden såg tillbaka på honom med indignation i blicken. "Jag fattar"

"Jag tror att Lou råkade trycka på on-knappen" sa Amanda och fortsatte:

"Men jag stängde av den igen så jag tror inte att någon skada är skedd. Men varför kom du hit egentligen?"

"Det är ju genialt!" utbrast Albert. "Nu vet jag varför den kallas Megafonen".

"Varför då?" undrade Amanda som inte hade hört något av uppståndelsen på nedervåningen.

Albert knäböjde framför Megafonen och hittade snart on-off knappen. Bakom honom stod Amanda och kände sig en aning obekväm med tanke på sitt löfte till Elaine. Hon hade för vana att ta löften på ganska stort allvar.

"Se här" sa Albert och pekade på en svart skärm som plötsligt hade fått liv på Megafonen. "Det är en GPS-karta eller något av det slaget"

Han zoomade in på skärmen och insåg plötsligt att markeringen stod just på Björkgatan 24.

"Det är väldigt intressant" sa Amanda slutligen. "Men nu får jag be dig att gå, för jag har lovat Elaine att ingen ska röra vid hennes uppfinning"

"Det låter som att du har brutit det löftet flera gånger om"

"Jo, så är det nog" erkände hon men hann inte fortsätta innan brevinkastet klang till från hallen. Både hon och Albert höll andan i samma stund som en knackning hördes.

"Hallå" hördes Caspar Richardssons röst. "Jag tänkte bara lämna ett informationsblad!"

"Han har ju redan gjort det" sa Albert med låg röst till Amanda. "Måste han ha bekräftelse på det också? Eller har han tänkt att han ska få ett kvitto eller nåt?"

"Elaine, är du där? Hallå!"

"Vi får inte väcka någon uppmärksamhet" viskade Amanda. "Jag öppnar och förklarar att Elaine inte är hemma"

Innan Albert hann säga det ena eller det andra om planen, skyndade Amanda ut i hallen och öppnade dörren. Detta plötsliga drag väckte foxterrierns nyfikenhet och han spatserade iväg efter sin matte.

I vardagsrummet såg Albert till att gömma sig bakom den utskjutande väggen. Han hörde hur Amanda förklarade sig för hyresvärden. I samma stund upptäckte han en nyckel på soffbordet intill. Det var nyckeln till Elaines lägenhet. Just som Albert sträckte ut handen och tog den, blev det tvärdrag och fönstret slog igen. En av krukorna på fönsterbrädet föll till golvet med en rejäl smäll.

"Du borde inte öppna fönstret på det där sättet" sa Caspar till Amanda.

"Särskilt inte om du öppnar ytterdörren samtidigt..., och se till att din hund uppför sig framöver. Jag hörde ett väldans skällande för en stund sen"

Amanda såg lite frågande ut.

"Jag trodde inte att han skällde så högt" sa hon.

"Jodå, det kan jag lova" blev svaret.

Foxterriern morrade dovt i bakgrunden.

Hyresvärdstypen hade något rävaktigt över sig och en viss jaktinstinkt sköljde över den lilla hunden.

"Jag ska tänka på det framöver" suckade Amanda och

tillade:

"Nåväl, tack för informationsbladet"

"Tänk på det framöver" sa Caspar och sa hej innan han gick därifrån. Han kastade en sista misstänksam blick på den morrande foxterriern.

Amanda bara nickade till svar och stängde dörren.

"Bra jobbat!" sa Albert när han återvände till hallen.

"Jag går och hämtar en sopskyffel"

Amanda tackade och såg efter honom när han öppnade dörren och stack ut i korridoren utanför. Hon lade kuvertet med informationsbladet på hallmöbeln och gick tillbaka till växterna. Inte nog med att en, för henne sällsynt, rosenväxt hade åkt i backen. Fönstret hade lämnats öppet så länge att bladen på en hortensia intill slokade rejält. Amanda tog sig förtvivlat för pannan. Var den bortom räddning? Nej, nej. Det här började inte bra. Hon hade haft ihjäl två av Elaines växter redan under dag ett.

Till råga på allt verkade hon ha slarvat bort nyckeln till lägenheten. Och dröjde inte Albert överdrivet länge?

"Har du sett till nyckeln?" frågade hon när han slutligen kom tillbaka med en rosa sopborste med skyffel.

"Jag trodde att jag hade lagt den på soffbordet men nu är den borta"

"Inga problem" sa Albert. "Vi ska nog hitta den"

Han gick omkring en stund och letade innan han fann nyckeln på hallmöbeln bredvid kuvertet från hyresvärden.

"Men..." började Amanda och verkade förbryllad.

"Åh, jag är verkligen disträ idag"

"Ingen fara" sa Albert snabbt. "Alla kan ha en sån där

dag ibland"

Han begav sig vidare. Amanda var glad att han valde att lämna Megafonen ifred.

Det var tillräckligt svårt att sköta Elaines växter, för att inte tal om hennes uppfinning. Amanda såg ner på den sönderslagna krukan och suckade.

Hade hon förresten inte sett hortensior i närbutiken där hon jobbade? Foxterriern Lou såg först frågande på henne när hon öste ner både krukskärvor och blomrester i soporna; och sen surade han lite till.

Kapitel 6

Claes-Åke hade precis kommit fram till den lilla kem-
tvätten vid hörnet av Falköpingstorget. Mattan var
ordentligt tung att släpa runt på, så han stannade till för
att återfå andan. Sedan lyfte han den svarta sopsäcken
och kämpade sig de sista stegen fram till butiksdörren.
Plötsligt slogs dörren upp och träffade sopsäcken i hans
famn. Claes-Åke stapplade bakåt och tvingades släppa
sin dyrbara last för att inte falla till marken. Han trodde
knappt sina ögon när han såg Maja skuffa sig ut från
butiken med hjälp av sin rullator.

"Hon får se sig för!" utbrast Claes-Åke och steg fram
till dörren och höll upp den för den gamla.

Det var något med de som hade passerat 90 år som
gjorde att han började tala gammaldags bara han befann
sig i deras närhet. Kanske var det för att det fick honom
att känna sig ung i jämförelse. Man kunde nästan inte
tro det om Claes-Åke, men han hade en uns humor som
ibland kom till uttryck.

"Jaha" sa han. "Här får man se sig för, fru Jansson,
annars knuffar man omkull sina grannar"

"Är det han?" frågade Maja. "Se sig för!"

"Det var det jag sa. Du höll på att knuffa omkull mig"
sa Claes-Åke och artikulerade extra tydligt.

Maja skrattade plötsligt aningen gällt men innerligt.

Claes-Åke valde att gå in i butiken.

Skomakaren, tillika kemtvättsägaren, fanns på plats när han kom in. Maja hade lämnat sina gamla kängor för att sulas om. De stod på disken och spred en sur doft omkring sig.

Skomakaren hade redan tagit sig an ett annat par skor och slipen surrade ljudligt i lokalen. Claes-Åke väntade en kort stund vid disken innan skomakaren stängde av slipen och frågade vad han kunde hjälpa till med.

"Jag ska lämna in mattan på kemtvätt. Det har kommit te på den. Och mjölk. Jag brukar ha det i mitt te, och det är ju bra så länge man inte spiller mjölken på en persisk matta, men nu gjorde jag just det. Därför behöver den tvättas"

"Okej. Var är mattan?" blev svaret från skomakaren, tillika kemtvättsägaren.

"I den här svarta soppåsen. Det var enklare att bära mattan på det sättet"

"Jag förstår men var är soppåsen?"
Claes-Åke svängde runt. Han hade väl ställt soppåsen vid disken när han kom in? Nej, där var den inte. Så kom han ihåg.

"Jag krockade med min granne på vägen in. Undra om jag inte ställde den ifrån mig tillfälligt här utanför"

Claes-Åke gick för att hämta soppåsen samtidigt som Albert kom gående mot butiken. Lite längre bort lastade en sopbil in de sista påsarna från ett sopförråd intill. Den stora bilen stod på tomgång.

"Albert, vilken tur" sa Claes-Åke. "Har du sett en soppåse som stod här någonstans?"

"En soppåse? Vet inte, jo… det stod förresten en där, som jag såg på håll, men jag tror att sopbilen tog den."

"Sopbilen?!"

Claes-Åke fick något vilt i blicken och vände sig om.

I samma stund försvann sopbilen ut på den större vägen intill. Claes-Åke började vifta med händerna på ett ganska lustigt vis och sprang några steg efter bilen. Tyvärr kom han rejält på efterkälken och lyckades inte med några andra konststycken än att se löjlig ut inför de åskådare som befann sig i närheten.

"Osis" sa Albert för sig själv och fortsatte in i butiken.

Skomakaren, tillika låssmeden, undrade vad han ville ha hjälp med. Albert tog fram nyckeln till Elaines lägenhet och la den på disken.

"Jag vill kopiera den här i två extra exemplar" sa han och försökte att se så oberörd ut som han kunde.

"Jaha, vart går den?" frågade affärsinnehavaren.

Albert antog att det var någon standardfråga som myndigheten för affärsetik, med avseende på låssmedsverksamhet eller något i den stilen, hade tagit fram. Han hade redan förberett sig på den saken under den korta promenaden dit.

"Den går till mitt källarförråd. Mitt rockband och jag har stuvat in en massa ljudutrustning och grejer där som vi behöver komma åt. Vi behöver några extranycklar ifall någon av oss inte är hemma"

"Okej. Går det bra om de är klara tills imorgon?"

"Visst, men kan du göra avgjutningen nu? Jag glömde hämta några saker från förrådet som jag behöver idag"

"Det ska gå. Vänta här så är jag strax tillbaka med din nyckel"

"Super!"

Just då kom en moloken Claes-Åke in genom dörren. Albert kastade en blick på grannen och i samma stund var det som om han kom ihåg något.

"Förresten" sa han till affärsinnehavaren. "Du har inte en sopskyffel som jag skulle kunna låna? Det är lite av ett nödläge"

"Jo, du kan få låna en om du vill"

Skomakaren, tillika kemtvättsägaren, tillika låssmeden, tillika långivaren, lyckades leta fram en rosa sopskyffel från städskåpet. Medan han var sysselsatt med detta, och avgjutningen av nyckeln, sa Claes-Åke buttert:

"Vi har sopskyfflar i städförrådet i hyreshuset"

"Jag har bråttom" sa Albert korthugget.

Claes-Åke undrade i sitt stilla sinne vad tusan det var som kunde vara så stressigt på en vanlig lördag. De väntade en stund vid disken under tystnad.

"Schysst! Tack" sa Albert.

Han tog emot den rosa sopskyffeln och nyckeln från affärsinnehavaren innan han skyndade ut ur butiken och vidare mot Björkgatan 24.

I butiken berättade Claes-Åke att beställningen av kemtvätten var tvungen att återkallas. Hustruns älskade persiska mattan hade nämligen hamnat i soporna.

"Känner du till en bra matthandlare?" frågade Claes-Åke. "Det var länge sen jag handlade en ny matta och jag tror att jag behöver experthjälp"

"På vilket sätt?"

"Jo, den nya måste vara på pricken lik den som just åkte i soporna. Min fru får inte se någon skillnad"

"Borde du inte bara berätta sanningen? I dessa dyra tider är det i alla fall billigare än att köpa en ny matta" föreslog skomakaren, tillika kemtvättsägaren, tillika låssmeden, tillika långivaren, tillika rådgivaren.

Det krävs möjligtvis att man är mångsidig och flexibel för att lyckas som småföretagare nuförtiden.

Kapitel 7

Det var ganska tomt på folk i närbutiken där Amanda jobbade. Hon satt i kassan och betjänade två tonårstjejer som köpte betydligt mer sockerprodukter än vad som kunde vara bra för dem. Amanda kom att tänka på Rebecka, en äldre kollega i butiken, som gärna talade om fördelarna med sockerskatt.

"Jag bara undrar" brukade hon säga, "varför det ska ta sån evinnerlig tid innan någon inför en sockerskatt i det här landet? Tänk vad bra det skulle vara för folkhälsan!"

Rebecka tuggade alltid tuggummi medan hon pratade. Amanda tyckte det rimmade illa med hennes inställning till sockerskatt men valde att hålla tyst om den saken. I samma stund som hon tänkte på kollegan kände hon en klapp på axeln.

"Nu tar jag över här" sa Rebecka. "Du kan väl fylla på hyllorna så länge"

Smask, tugg, smask lät det när hon tuggade på sitt Bubba Lubba-tuggummi med jordgubbssmak.

"Jaha" sa Amanda. "Jag trodde att du skulle ta din lunch nu"

"Nej, inte idag. Jag har börjat med 4:3 metoden. Du vet, man äter rejält i fyra dagar och sedan fastar man i tre dagar"

"Jag trodde att du höll på med den där metoden att bara äta frukt?"

”Jag vet. Jag gick ner fem kilo på det också, men det gav inte tillräckligt med energi. Om jag ska orka gymma så måste jag få i mig mer protein och kalorier”

Amanda lade märke till att Rebecka tuggade ovanligt intensivt på sitt tuggummi. Hon hade varit på riktigt dåligt humör hela förmiddagen och skickat sura blickar efter både Amanda och kunderna.

”Bara du inte mår dåligt av att fasta så länge” kom det försiktigt från Amanda.

”Mår dåligt?” utbrast Rebecka. ”Det är väl klart att man mår dåligt! Syftet med det hela är ju inte att må bra utan att hålla formen. Men det förstår väl inte dom som är upptagna med att må bra i alla väder…”

Amanda lämnade snabbt över kassan till sin kollega. Längre bort samlade tonårstjejerna ihop sina varor och pratade glatt om sitt kommande filmmaraton. Amanda kunde höra Rebeckas intensiva smaskande medan hon fortsatte vidare mellan hyllorna i butiken. Just då ringde hennes mobiltelefon.

Amanda plockade upp mobilen och svarade.

”Hej, Elaine här” hördes det i andra änden av telefonlinjen. ”Hur går det med mina växter?”

”Jättebra!” utbrast Amanda intuitivt.

Hon hade en egenhet att rodna så fort hon talade osanning och nu kände hon hur kinderna hettade. Det var alltid väldigt frustrerande. Tur att Elaine inte kunde se henne.

”Finemang” sa Elaine.

”Hur har du det i Stockholm?” frågade Amanda i ett försök att undvika eventuella frågor om Megafonen.

"Det är som man kan förvänta sig" svarade Elaine. "Jag har fått tag på både katalysator och transformator, men det var inte helt enkelt"

"Jaså?"

"Nej, men svårast var att få tag på en tvättmaskin. Du kan inte ana hur många varianter det finns! Jag har alltid en tendens att bli velig när jag står inför så många val"

"Jag förstår dig" sa Amanda och vinkade samtidigt till Maja som kom gående med sin rullator mellan hyllorna i matbutiken.

"Om det inte var för inhandlandet av de här speciella delarna till min uppfinning så hade jag inte åkt hit" sa Elaine och fortsatte:

"Det är väldigt mycket stockholmare överallt. Har du någonsin varit inne i en elektronikaffär och försökt köpa en tvättmaskin? Det är inte gjort i en handvändning direkt. Och alla dessa frågor: *Ska du ha en kombinerad tvättmaskin och torktumlare? Vilken kapacitet behöver du? Vad tror du om en kolborstfri motor? Ska det vara en tvättmaskin med Wi-Fi?*"

"Ojdå" sa Amanda. Bara tanken på att bli stående med en snitsig försäljare, som ställde sådana frågor till en, vållade henne obehag. Hon fick alltid känslan av att de avslöjade hennes okunskap i samma stund som hon öppnade munnen.

Tacka visste hon e-handel.

"Vet du vad" sa Elaine. "Jag kände plötsliga symptom på utmattning och var tvungen att gå ut för att ta några djupa andetag. Sedan gick jag in igen och sa: *Jag ska bara tvätta. Vilken som helst blir bra.* Och så pekade jag ut en tvättmaskin som såg snygg ut. Vid det här laget hade ytterligare en försäljare anslutit sig och han tillade att kapaciteten sannolikt var alldeles för hög för en person i hushållet. Höjden av fräckhet, tänkte jag, och banne mig om de inte utbytte en blick av inbördes samförstånd kring okunniga singelkvinnor i 40-årsåldern"

"Ojdå" sa Amanda som samtidigt såg Maja vid frukt- och grönsaksdisken och att det föll några droppar från hennes näsa ner på högen med Granny Smith äpplen. Elaine fortsatte sin berättelse från mobilen:

"Det var droppen! Så jag sa att en högre kapacitet innebär mindre friktion och på så sätt längre hållbarhet. Dessutom tillade jag att jag kunde se att tvättmaskinen saknade Wi-Fi men att det inte heller var något problem eftersom jag gärna installerar mitt eget Wi-Fi. *Brukar inte ni också göra det?* frågade jag. De blev så paffa att jag knappt fick ett sammanhängande svar. *Nehej, inte det,* sa jag. *Jag tycker det är väldigt enkelt. Men så är jag ju professor i fysik på Chalmers med en hel del kunskap om integrerade kretsar.* Det var faktiskt fascinerande att se hur snabb service jag fick efter det"

Vid fruktdisken stod Maja och tittade misstänksamt på ett äpple innan hon la tillbaka det igen.

"Jag vet inte vad jag ska säga" sa Amanda och kände samtidigt en stor beundran för grannen vars växter hon hade anförtrotts.

"Jag önskar att jag var mer som du" lade hon till, nästan för sig själv.

"Äsch, det tycker jag inte" sa Elaine som hade hört varje ord. "Det finns redan alldeles för många kopior här i världen. Apropå kopior…, har du hört att den där Albert och hans band (vad sjutton är det de kallar sig) verkar ha slagit igenom?"

"Nej, har de verkligen det?" sa Amanda. "Vad roligt!"

"Roligt är inte ordet" sa Elaine. "Deras enerverande låt spelas i varenda shoppinggalleria. Den riskerar ju att vara uttjatad och passé inom en vecka.

Ja, då så… vi hörs. Om inte annat är jag tillbaka till helgen. Hej så länge"

"Hejdå" sa Amanda och stängde sedan mobilfodralet.

Maja gestikulerade mot henne och pekade på montern med äpplen.

"Hej Maja. Vad kan jag hjälpa dig med?"

"Uff" sa Maja. "En blöt fläck på det där äpplet. Det är äckligt. Man kan få i sig alla möjliga slags bakterier"

"Vänta" sa Amanda och plockade åt sig en påse. "Jag ska slänga äpplet åt dig"

Maja tittade på medan Amanda la äpplet i papperspåsen. Sedan pekade hon på ytterligare ett äpple som hon tyckte var kladdigt. Amanda lydde och plockade undan även det till soporna.

"Usch" sa Maja. "Hemskt med matsvinnet nuförtiden. Så var det aldrig på min tid"

Kapitel 8

Det hade varit hektiskt den senaste tiden för grannarna på Björkgatan 24 i Falköping. Caspar Richardsson fick inga klagomål kring sin planerade hyreshöjning och uppmärksammade det med stor förvåning.

Han satt i sin stora villa, som låg en kilometer från Falköpings kommunhus, och scrollade igenom både sin mejl och sin fysiska post för någon som helst reaktion på lördagens informationsblad till hyresgästerna. Hans mejlkorg och brevlåda var lätt överfulla av allehanda ärenden men ingen tycktes vilja höra av sig från just Björkgatan 24.

Caspar tog en vända i villan och funderade. Han gick mellan det stora vardagsrummet, matsalen, vidare ner till vinkällaren och upp igen. Försökte de sig på en tyst motreaktion, kanske? Något i stil med hans parti- kollegors strategi att undvika intervjuer med media vid komprometterande situationer? Som den där gången när riksdagsledamot Hansson råkade sitta i styrelsen för ett privatägt bolag samtidigt som han fattade beslut på riksdagsnivå som gynnade samma bolag. Det där såg ju inte bra ut när det kom ut. Och för att göra det hela värre hade Hansson också skrivit positiva inlägg om sagda bolag i flera aktieforum.

Lösningen, för nästan hela partiet, hade varit att inte diskutera saken med medierna.

Att tiga bort själva problemet.

Caspar hade fått en fråga från lokaltidningen som var något i stil med: *Hur ser du på Hanssons chanser att sitta kvar efter det som har hänt?* Det var onekligen en väldigt direkt fråga men Caspar hade försökt att kringgå den på bästa sätt. *Säg så här,* hade han svarat. *Det ligger ju inte på mitt bord, direkt. Det kan gå si eller så kan det gå så. Men jag skulle vilja prata om våra satsningar i kommunen. Vi har planer på att bygga en simhall, och som många kanske redan har hört, har upphandlingen nu börjat. Jag tycker det här är en fantastisk satsning på folkhälsan här i kommunen...*

Så hade det fortsatt. Caspar var ganska nöjd med sin insats den där gången. Till slut hade journalisten tröttnat på hans evinnerliga utläggning och inte ställt några fler frågor om Hansson. Det var ju för det bästa. Men inte hade Hansson varit tacksam för det inte. Nej, han hade i sin tur gjort ytterligare ett dumt uttalande om att han inte litade på medierna. Caspar hade kunnat tänka samma sak, men han hade ju sinnesnärvaro nog att inte säga det högt. Kort därefter var Hansson bortpetad från sin position och för Caspar hägrade en eftertraktad riksdagsplats till nästa val. Men dit skulle det dröja några år.

'Hm' tänkte Richardsson. 'Vad säger nu det här mig? Jo, jag får hålla ett öga på hyresgästföreningen. Det här med en tyst motaktion kan vara hejdundrande kraftfullt. På ett eller annat sätt. Jag vill inte att det ska ta några ovälkomna vändningar'

Han fortsatte vandra runt i villan och fundera. Det hade egentligen inte varit hans idé det här med att bo i villa. Det var flickvännen som hade röstat för att han skulle flytta från sin takvåning (en elegant våning, visserligen, men den hade inte legat så högt upp egentligen. Det var brist på höghus i Falköping). Flickvännen hade varit väldigt positiv till ett renoveringsobjekt, så det var vad det hade blivit.

Caspar var stolt över vilken förvandling han hade åstadkommit med villan. Han hade målat ett rum och slagit i några spikat. Resten hade lejts bort till olika byggföretag. Sambon hade bidragit på sitt sätt. Hon tog bilder och vloggade i samma tempo som renoveringen fortskred. I liknande takt ökade antalet följare på hennes sociala medier samt Caspars självbild som renoverare.

Så långt, allt väl.

Men sedan var renoveringen färdig och Caspars flickvän var inte längre fullt så entusiastisk över det färdiga resultatet. Hon höll humöret uppe med att fluffa till några kuddar och byta inredningsstil från industriell till vintage men sedan tog det stopp. Caspars sambo blev snart hans särbo och därefter hans ex-flickvän. Det var ett hårdare slag än vad Caspar ville medge ens för sig själv. Kanske mest av den anledningen att han kände sig lurad på hela renoveringsprojektet.

Vad han visste hade hans ex-flickvän nyligen blivit ihop med en framgångsrik mäklare. På hennes sociala medier gick det att se att paret hade köpt en fallfärdig villa som de tänkte rusta upp.

Otack var världens lön, tyckte Caspar, men han kunde inte annat än att inse att hans eget hus hade blivit fint.

Det var verkligen hektiskt på Björkgatan 24. Att påstå något annat skulle ha varit en ren och skär lögn. Claes-Åke var på jakt efter en matta som skulle vara på pricken lik den som han just blivit av med. Han fru var i sin tur upptagen med att trösta skvallertanten Ulla som hade råkat höra när en av hennes grannar hade kallat henne för en skvallertant. Claes-Åke tyckte det var löjligt men välkomnade distraktionsmomentet.

Under tiden hade Bengt fullt upp med att ta ner enen. På lördagens förmiddag hade han kapat hälften av den stora busken så att den inte längre tog upp halva gångvägen. Samma eftermiddag, efter en rejäl kopp kaffe, lyckades han få ner andra halvan. Nu var bara den stora stubben kvar och den tycktes torna upp sig på den för övrigt gröna gräsmattan. När Amanda kom hem från jobbet på måndagen stod stubben fortfarande kvar på framsidan av hyreshuset.

På parkeringen stod en bil som hon inte kände igen. Hon gick närmare och såg dekalen på sidan. Falköpings-Nytt stod det. Så lokaltidningen var på besök. Då var det kanske sant, det som Elaine hade sagt, att Everrock hade slagit igenom.

Mycket riktigt.

När hon kom in genom dörren var bandmedlemmarna i färd med att ställa sig i trappuppgången för att bli fotograferade till tidningsomslaget. De hade med sig sina instrument och försökte få till en bra komposition för bilden.

Trummisen stod på ett trappsteg med trumstockarna i handen. Det var en uppenbar kompromiss eftersom trumsetet inte fick plats i trappan.

Strax bredvid trappuppgången stod journalisten och intervjuade Zacharias, som av allt att döma gärna hade velat fortsätta upp till sig men tyvärr hindrades av bandmedlemmarna och fotografen.

"Kom det som en överraskning för er här i hyreshuset?" frågade journalisten med ett leende. "Att se sina grannar hamna på topplistan över mest lyssnade låtar på bara en dag? Vilken kometkarriär"

"Jo" sa Zacharias och log artigt. "Fantastiskt. Men rent tekniskt så är det bara Albert som är granne till mig. Inte hela bandet"

"Ja, javisst. Kände ni på er att Everrock gick mot en sån framgång?" fortsatte journalisten samtidigt som han spelade in samtalet.

"Nja, nej det kan jag inte påstå" sa Zacharias osäkert.

"Så det kom som en överraskning. Men ni märkte att de hade talang?"

"Hrm…" Zacharias harklade sig. Amanda såg att han var obekväm i situationen och anslöt sig till dem.

"Ja, det är klart att vi gjorde" sa Amanda entusiastiskt.

Journalisten såg lättad ut och vände sig till henne.

"Och vad tycker ni om att de har planerat in en turné till sommaren?"

Amanda blev plötsligt självmedveten när inspelningsmikrofonen vändes mot henne. Zacharias försökte ta tillfället i akt att gå därifrån men Amanda grep tag i hans ärm och höll honom kvar.

"Det låter som en bra idé" fick hon fram. "Jag kommer gärna. Vad roligt, eller hur?"

Hon vände sig till Zacharias som med ansträngning nickade instämmande.

"Jag unnar dem all framgång" sa han. "Oj, nu ser det ut som att de är klara med omslagsfotot. Vad roligt!"

Journalisten såg upp och återgick till att prata med medlemmarna i Everrock. Amanda släppte taget om Zacharias ärm och ursäktade sig.

"Jag är inte van vid att bli intervjuad" sa hon.

"Det kom lite plötsligt" instämde Zacharias. "Jag blev så medveten om vartenda ord jag sa"

"Fräckt, va!"

Albert rundade fotografen och mötte sina jämnåriga grannar. Han hade elbasgitarren fäst i ett band över sin axel.

"Jovisst" sa Zacharias. "Men hur har det här gått till? Det borde vara omöjligt att slå igenom över en dag"

"Inte för oss" sa Albert med brinnande iver.

Självförtroendet lyste i hans ögon när han fortsatte:

"Det har hänt förr att folk slår igenom bara sådär och det händer igen!"

Han knäppte med fingrarna i luften för att visa hur snabbt Everrock hade blivit upptäckta. Sedan började han berätta om alla intervjuer och tv-framträdanden som väntade bandet. I nästa andetag var han tillbaka hos journalisten.

Zacharias passade på att sticka uppför trappan innan någon haffade honom för fler frågor.

Amanda fick i sin tur ett plötsligt infall där hon stod och tittade på uppståndelsen i trapphuset. Hon gick för att hämta foxterriern och fortsatte sedan upp till Elaines lägenhet med de nyinköpta blommorna i en papperskasse i handen.

Det var lugnt i professor Miltons lägenhet.

Megafonen såg ut som den brukade. Däremot hörde Amanda knastret av kaksmulor under strumporna när hon gick in i vardagsrummet. Det var verkligen kaksmulor. Faktiskt resterna av chokladkakor om hon såg rätt.

Underligt.

Hon städade ju så sent som i lördags.

Kapitel 9

Det var en mild, varm vårdag utanför Vita Huset i Washington D.C. För den republikanske presidenten William Grumpy väntade en presskonferens ute på den välskötta gräsmattan i trädgården. Han skulle presentera sin nyutnämnde domare till Högsta domstolen, en viss Carrie Herring, och försöka med konststycket att inte säga något dumt under tiden som han gjorde detta.

Lättare sagt än gjort.

William Grumpy var långt ifrån lika fumlig och osympatisk som sin föregångare i det republikanska partiet men han hade likväl en tendens att göra bort sig i alla möjliga sammanhang. Frågan som de flesta i Amerikas förenta stater ställde sig var hur Grumpy hade blivit president överhuvudtaget. Till och med Grumpy ställde sig samma fråga. Svaret bestod av att valet hade stått mellan Grumpy, som var 91 år och synnerligen o-karismatisk, och en demokratisk kandidat som var 90 år och synnerligen karismatisk.

Inget ont sagt om kandidaternas höga ålder. Men eftersom majoriteten av väljarna inte var 90 plus infann sig en viss svårighet för väljarkåren att identifiera sig med sina presidentaspiranter.

Det blev snart uppenbart för folket att Grumpy var den demokratiske kandidatens motsats.

William hade bristande självinsikt, var egoistisk och underligt maktlysten för att vara i 91-årsåldern. Det kom sig som så att en populär programledare skämtade om att valet mellan kandidaterna var oerhört svårt men att hans röst naturligtvis måste falla på Grumpy med dennes alla smickrande egenskaper. Programledarens ironiska skämtsamhet spred sig bland folket och blev snabbt ett etablerat uttryck. Man kunde skojfriskt ropa över staketet till sin granne att: *om en månad är det val och då ska jag rösta på tokige Grumpy!* Och grannen kunde lika uppsluppet svara att: *Ja, det är tur att han inte är den ende kandidaten. Men jag tror att du har övertygat mig. Jag lägger min röst på girige Grumpy!*

Så fortsatte det från stad till landsbygd och tillbaka igen. Grumpy fick alla möjliga epitet. *Gamle Grumpy* var en klassiker liksom *Sure Grumpy* och *Maktgalne Grumpy*. Till slut nämndes Grumpy så ofta i folks vardag att han började klassas som populär och kanske gick det så långt att han blev lite folkkär. När valet väl stod för tröskeln gick Grumpy och vann alltihop. Då kunde folket hålla sig för skratt. Nu skulle de tvingas stå ut med honom i fyra års tid.

William Grumpy hade inte för vana att förbereda sina tal. Han vaknade rätt och slätt på morgonen, klädde sig för dagen och gav sig ut i hetluften på vinst eller förlust. Grumpy gick ofta vinnande därifrån, tack vare sin bristande självinsikt, men för omgivningen väntade ständiga förluster och nederlag.

Presidentens närmaste medarbetare, som samtidigt satt i kongressen, hette Sean Speakalot och han tog varje tillfälle i akt att försöka klättra på karriärstegen alltmedan han manövrerade Grumpys infall. Vissa skulle säkert säga att Sean Speakalot var mer förtappad än presidenten själv. Till skillnad från Grumpy hade han nämligen välsignats med både självinsikt och moral men valde att inte nyttja dem.

Presentationen av den nya domaren verkade dra ut på tiden. Åskådarna och pressuppbådet började bli otåliga när varken presidenten eller Carrie Herring dök upp. Solen sken över den välfriserade gräsmattan. Det var nästan så att man kunde se framför sig hur trädgårdsmästaren hade krupit runt med sax och måttband för att jämna ut grässtråna.

Ditbjudna damer och herrar hade klätt sig i sina elegantaste kläder och satt på utplacerade stolar framför talarpodiet. Grumpy kunde knappt hälften av alla namn som fanns representerade bland dem. Var kom de ifrån? Gästerna tycktes leva med uppfattningen att bara man befann sig i närheten av en gammal man som blivit upphöjd till president så var man automatiskt lyckad. Oavsett hur egendomlig nämnda president var.

Grumpy själv hade blivit sittande vid sitt skrivbord inne i Vita Huset. I trädgården väntade hans gäster, pressen och kamerateam som sände direkt till världens alla hörn. Presidenten satt och vände och vred på en Rubiks kub som inte ville samarbeta med hans ansträngningar. Hans fru, Vanessa, kom i samma stund in genom dörren, tätt följd av Mr. Speakalot.

"Jag gör det inte" sa Grumpy utan att titta upp.

Vanessa gav Sean ett menande ögonkast.

"Snälla, Mr. President" sa Sean. "Du kan inte ställa in hela tillkännagivandet. Vad är det som har fått dig på sådana tankar?"

"Jag tycker inte om Carrie Herring" sa presidenten efter en kort tystnad.

"Inte det?" sa Mr. Speakalot med förvåning. "Det var ju presidenten som valde henne till att börja med?"

Vanessa vände sig till rådgivaren och sa lågt:

"Det beror på Mrs. Herrings engagemang i förberedelserna inför pressträffen. Hon gav instruktioner om att talarpodiet och åskådarplatserna skulle flyttas så att presidenten inte skulle få solen i ansiktet"

"Och?" tänkte Sean men insåg att han råkade säga det också.

"Och... hon hade åsikter om vilken färg det skulle vara på presidentens slips. Det skulle vara roligt, tyckte hon, om de matchade varandra" tillade Vanessa.

"Jaha, ja" sa Sean och granskade presidentens alltmer irriterade förhållande till sin Rubiks kub. "Vad kan jag göra för att presidenten ska ha överseende med dessa, fullkomligt oförlåtliga, övertramp från Carrie Herrings sida?"

"Ingenting" sa Grumpy. "Jag har bestämt mig"

"Det blir svårt så här tätt inpå tillkännagivandet. Var det inte snällt av Mrs. Herring att se till att pressträffen blir så bra som möjligt?"

"Bra?" grymtade Grumpy och reste sig från stolen.

"Jag bestämmer vilken färg jag vill ha på min slips. Jag bestämmer var talarpodiet ska stå. Och det är bara jag som har rätt att bestämma om jag vill ha sol i ögonen eller inte när jag pratar"

"Självfallet" sa Mr. Speakalot med eftertryck. "Det är vad jag alltid har sagt. Presidenten bestämmer. Men vad sägs om att presidenten får resten av dagen ledigt efter den här pressträffen om han tillkännager Mrs. Herring som ny domare?"

Grumpy såg ut att betänka förslaget.

"Det kan gå. Jag säger inte att det går, men det kan gå. Om jag får ledigt imorgon också, och du stryker alla möten i min kalender, och jag får ordentligt med tid till att hinna åka till golfbanan… då kan vi ha en deal"

'Himmel' tänkte Sean men sa det inte. Istället sa han, högt och tydligt eftersom presidenten hörde lite dåligt på båda öronen:

"Vi har en deal"

Kapitel 10

Det knackade på dörren till professor Miltons lägenhet och Amanda gick för att öppna. Utanför stod Bengt med en kakburk under armen och Pingo på axeln.

"Oj" sa han. "Jag trodde att Albert och hans kompisgäng var här. Jag ville fråga om jag får låna Megafonen"

Amanda trodde inte sina öron.

"Vad är det du säger?" lyckades hon få ur sig i ren förvåning. "Megafonen ska inte lånas ut till någon. Jag lovade Elaine att ingen skulle få komma i närheten av hennes uppfinning"

"Rent tekniskt..." sa Bengt och lät för en stund precis som Zacharias. "Rent tekniskt så var jag inte först med att börja använda den. Det var Alberts gäng. Jag såg hur de kom ut från den här lägenheten och upptäckte att dom inte hade låst dörren... men, men. Jag hinner inte förklara det nu! Den där nytillträdde presidenten i USA, Grumpy, ska tala nu"

Bengt tittade stressat på sitt armbandsur.

"Jaha, så Megafonen är en TV trots allt" sa Amanda betänksamt och började undra om hon hade glömt att låsa dörren till Elaines bostad vid något tillfälle.

Hon såg upp på Bengt och tillade:

"Jo, jag är ju klar med blommorna så du kan kanske titta lite kort på det där talet..."

Bengt väntade inte på fortsättningen. Han fortsatte in i vardagsrummet med en kraxande glad Pingo på axeln.

*

Sean Speakalot drog en lättnadens suck när presidenten äntligen tog sig ut på den gröna gräsmattan utanför Vita Huset. Grumpy, i sin tur, såg däremot allmänt missnöjd ut när han intog talarstolen.

Han tittade ut över sin publik, vinkade och log som vore det en stor ynnest för åskådarna att få bevittna det. Därefter antog han en någorlunda beklädsam allvarsamhet. Det ska dock tillägas att det sällan var något ansiktsuttryck som beklädde Grumpy i allmänhet, även om vissa av hans hängivna skara lurade sig själva till att påstå det. Nåväl, Grumpy bestämde sig i alla fall för att ta till orda.

"Det här är en historisk dag" sa han. "Jag står framför er för att tillkännage min nya domare till Högsta domstolen. För första gången en kvinnlig kandidat som har de egenskaper som krävs för den här viktiga posten..."

Grumpy fortsatte med att räkna upp alla de viktiga karaktärsdrag som den kommande domaren hade. I verkligheten hade han ju inget till övers för Mrs. Herring så han improviserade livligt..., kanske lite för livligt.

"Hon har ett stort hjärta för gemene mans rättigheter. Särskilt kvinnors rättigheter".

Flera av de närvarande journalisterna visste att Carrie Herring kunde kallas för mycket, men knappast för en feminist. Grumpy fortsatte:

"Hon engagerar sig för sina medarbetares bästa"

Herrings sekreterare skakade omärkligt på huvudet.

" Jag vet av egen erfarenhet…" sa Grumpy och höjde sitt pekfinger i luften så att publiken fick nytt intresse för nästa argument som han tänkte framföra.

"Jag vet att Mrs. Herring har en närmast pedantisk näsa för detaljer. Detaljer som du och jag kanske tycker är oväsentliga"

Speakalot anade att detta var en anspelning på Mrs. Herrings åsikter om var talarpodiet skulle placeras. Han förstod mycket väl att presidenten snarare förmedlade kritik än komplimanger. Sean hoppades att publiken inte skulle dra samma slutsatser.

"Sist, men inte minst…" sa Grumpy.

Det var inte utan att Mr. Speakalot höll andan i väntan på vad som skulle komma härnäst.

"Hon är en fantastisk mamma till sina barn"

Samtliga närvarande, förutom Grumpy, kände till att Carrie Herring inte hade några barn. Publiken reagerade dock inte på felaktigheten. Alla visste ju hur presidenten ofta rörde ihop sanningar och osanningar. Det var ju bara naturligt, tycktes det. Grumpy nämnde aldrig att Mrs. Herring faktiskt hade alla formella kvalifikationer för uppdraget. Kanske var det synd att han inte använde just det argumentet, för att Mrs. Herring var en utbildad domare kunde ingen invända mot.

"Då så" sa Grumpy med spelad stolthet. "Får jag lov att presentera vår nya domare till Högsta domstolen…"

Mrs. Herring gjorde sig beredd att stiga fram till talarstolen. Grumpy gjorde en välkomnande gest åt hennes håll och utbrast:

"Theresa Wilson!"

I efterhand fick Mr. Speakalot för sig att han hade drömt alltsammans. Det var väl trots allt inte möjligt, hur egensinnig presidenten än var, att han faktiskt hade utropat demokraternas tilltänkta domare som republikanernas kandidat till posten. Grumpy själv såg ut att ha tappat fattningen för en stund där han stod i talarstolen. Det verkade som om presidenten hade uppfattat sitt uttalande, men inte alls kunde förstå att han verkligen hade uttalat det. Mr. Speakalot såg hur reportrarna som stod längre bort hade tagit gemensamma kliv framåt, redo att insupa skandalen som nu var ett faktum. Vid sidan om sträckte sig Vanessa efter Carries hand för att ge lite tröst, men Mrs. Herring avvisade presidentfruns hand precis som om hon hade blivit erbjuden en blöt strömming som inte tilltalade henne. Det ryckte hastigt till i hennes näsa, något som liknade ovälkomna ticks, och ändå inväntade hon, samt den chockade publiken, att presidenten skulle rätta sin felsägning.

"Uhum" sa Grumpy. "Jag menade såklart att säga…"

"Theresa Wilson!"

Presidenten såg ut som om en groda, bokstavligt talat, hade skuttat ut ur munnen på honom och landat på den gröna gräsmattan.

Tumultet bland de samlade var nu ett faktum.

Det slutade rycka i Mrs. Herrings näsa samtidigt som hon resolut vände på klacken och gick därifrån. Hennes sekreterare ville erbjuda en näsduk men hon avvisade vänligheten.

Mrs. Herring grät aldrig och hon tänkte inte börja nu.

'Inte på grund av en buffel till president som inte ens kan skilja på namnen Herring och Wilson!' tänkte hon.

"Men för sjutton" sa Grumpy frustrerat. "Jag sa... Theresa Wilson!"

Mr. Speakalot skyndade fram till presidenten och sa med låg röst:

"Kom ner från talarstolen nu, Mr. President. Det blir inte bättre av att ni fortsätter med att säga hennes namn. Jag ber er!"

Grumpy kunde nästan ha svurit på att han verkligen uttalade Mrs. Herrings namn. Ändå hörde han den här irriterande rösten som liknade hans egen säga:

"Theresa Wilson!"

Det var så jädrans frustrerande att han kunde ha fortsatt att upprepa sig som en papegoja bara för att få som han ville. Men Mr. Speakalot fortsatte att insistera på att Grumpy skulle gå ner från talarstolen, så presidenten behärskade sig i sista stund.

I ett försök att förklara sig började Grumpy säga att han inte förstod varför det hade blivit så tokigt. Han ville klargöra att det måste handla om ett sabotage (troligen utfört av Wilsons medarbetare med flera).

Istället sa han:

"Jag vill också passa på att meddela att vi ska påbörja den största gröna omställning som världen har skådat. Vi kommer att tillföra flera miljarder för att komma till rätta med miljöproblemen!"

Grumpy tystnade. Han blev så överraskad av sin egen harang att han blev stående med gapande mun.

Då hände något ännu mer oväntat.

Presidenten utropade:

"Kraa!!"

Det lät precis som om någon hade slagit på en gammal radio. Ljudet var raspigt och följdes av ett plötsligt skratt som lät så malplacerat, och olikt Grumpy, att publiken och de samlade journalisterna fick kalla kårar.

Mr. Speakalot stirrade på presidenten. Därefter blev det tyst under bråkdelen av en sekund.

Under det ögonblicket tog Speakalot initiativet och närmast drog ner Grumpy från talarstolen. Följda av en stab av medarbetare gick de sedan, med raska steg, tillbaka in i Vita Huset. Det dröjde inte länge innan en drös advokater kom till deras undsättning. De skyndade fram på den stenlagda gången till presidentens boning med sina portföljer i högsta hugg.

Kapitel 11

Amanda förstod att hon hade försatts i en svår situation. Vem som var orsaken till att hon hade hamnat där var mer oklart. Hon klandrade sig själv för att ha varit lite för frikostig med att släppa in grannarna i professor Elaines lägenhet.

Samtidigt insåg hon att det var orimligt att skylla allt på hennes egen insats. Det hade varit omöjligt att förutse den stora uppslutningen kring Megafonen. För att inte tala om att den verkade väldigt användarvänlig. Det borde Elaine ha tänkt på.

Amanda suckade och lyfte upp foxterriern i famnen. Den vita hunden tittade uppmärksamt på papegojan som satt på Bengts axel. Bengt, i sin tur, satt på en pall framför Megafonen och lyssnade intensivt på president Grumpys tal som kablades ut från Elaines uppfinning. Han hade tagit med sig ett headset och anslutit det till rätt uttag på Megafonen.

I samma stund råkade Amanda vända blicken mot hallen och fick se Maja komma gående ute i korridoren med sin rullator. Dörren till lägenheten stod öppen och med bestämda steg plöjde Maja fram mot Elaines hall. Innan Amanda hann stänga dörren hade den gamla forcerat sig fram över tröskeln och vidare in i hallen.

"Snälla Maja" sa Amanda. "Du har kommit fel. Det är inte här som du bor!"

"Huh?" sa Maja och tittade misstänksamt på sin unga granne. Amanda upprepade vad hon hade sagt.

"Vet jag väl" svarade Maja och såg ut som om det var det dummaste påstående som hon hade hört på ett bra tag. "Usch, vilken ful hallmöbel. Direkt ful skulle jag säga"

"Mm" sa Amanda uppgivet.

"Theresa Wilson!" utropade Bengt inifrån vardagsrummet.

Maja hörde honom inte. Hon fortsatte vidare in i köket, varifrån Amanda hörde henne anmärka på en av blommorna i fönstret:

"Nej, tacka vet jag plastblommor. Vilket slit att vattna allesammans! Och inte ser de finare ut heller"

I vardagsrummet fortsatte Bengt att utropa "Theresa Wilson" vid ytterligare tre tillfällen. Amanda lämnade Maja och återgick till att betrakta händelserna i anslutning till Megafonen.

Det blev tyst en stund och sedan sa Bengt något om en grön omställning och miljarder. Amanda fäste sig inte nämnvärt vid själva innehållet. Hon intresserade sig istället för att han förställde rösten så att han lät typiskt amerikansk. Ja, nästan…

Amanda skrattade till inombords. Ja, visst lät han som Grumpy själv. Kanske gick denna insikt också upp för papegojan Pingo som utan förvarning undslapp sig ett högt och ihållande "Kraa!!"

Amanda lade plötsligt märke till att Maja stod bredvid henne med sin rullator. Maja pekade på den lustiga gröna papegojan som satt på Bengts axel och skrattade sitt egensinniga skratt. Som en följd drog Bengt hastigt ur kontakten till headsetet.

Maja fortsatte skratta och plirade samtidigt intresserat på Pingo. Papegojan plirade förnärmat tillbaka.

Kapitel 12

På vägen mittemot Björkgatan 24 kom en silvergrå BMW körande i sakta mak. Plötsligt stannade den intill vägkanten och ägaren verkade ha bestämt sig för att parkera på stället.

Föraren, som inte var någon annan än hyresvärden Caspar Richardsson, tog fram det senaste numret av Falköpings-Nytt och slog upp en sida på måfå.

Han brukade sällan läsa tidningen om inte han själv var med i den. Nu utgjorde den dock en bra undanflykt för att hålla ett vakande öga på det kvadratiska hyreshuset som var i hans ägo. Man behövde inte vara ett geni för att förstå att allt inte var som vanligt och Caspar hade bestämt sig för att gå till botten med vad som försiggick.

'Det är totalt osannolikt att de skulle ha missat en så kraftig hyreshöjning' resonerade Richardsson med sig själv när han satt där.

'Totalt absurt om de inte har något att säga till om det. Det där gamla paret brukar ju alltid gnälla. Särskilt gubben'

Det verkade inte gå upp för Caspar att avsaknaden på reaktion från hyresgästerna spelade honom i händerna. Kanske är det så att den som ständigt är redo för strid också skapar sina egna strider, oavsett om de existerar eller inte, om så bara för att bekräfta sin egen världsordning.

Caspar var klädd i en elegant kostym och hans skor samt frisyr var blankpolerade. Han hade tagit på sig sina nya solglasögon. De var modernt rundade och förgyllda med en konstgjord guldkant. Han höll ett öga på entrén till Björkgatan 24. Emellanåt återvände han till tidningen som för att signalera att han inte alls intresserade sig för det kvadratiska hyreshuset. Men ingen brydde sig om BMW:n eller dess ägare. En svart katt kom gående över gräsmattan intill hyreshuset. Den tog ett skutt upp på stubben, som Bengt fortfarande inte hade undanröjt, och lade sig där för en tupplur.

Eftermiddagssolen sken behagligt över katten.

Tiden gick.

Det var ingen som helst aktivitet vid Björkgatan 24. Tillvaron kändes så tråkig att Caspar faktiskt började läsa tidningen.

'Jaså?' tänkte Caspar när han läste en av rubrikerna på utlandssidorna. Det var en smula, fast bara en smula, intressant. Den där östliga ledaren Sputtovko hade varit försvunnen i två dygn. Efter ett dygn hade någon av hans underställda, det vill säga någon av halvledarna, saknat honom. Det var oklart vilken. I vilket fall hade man påbörjat eftersökningar för att försöka få klarhet i var han befann sig. Efter mycket om och men hade man funnit honom i en avlägsen korridor i sitt stora palats. Det visade sig att han hade gått vilse något alldeles oerhört. Enligt uppgift från en av landets tidningar var Sputtovko vid det laget i dåligt skick.

Uppenbarligen var han både hungrig som en varg och törstig som en uttorkad brännmanet. Eftersom ett stort mått av irritation och ilska följde på det här tillståndet, medgav en av halvledarna att det kanske skulle ha varit bäst om Sputtovko hade fått kvarvara oupptäckt och försvunnen. Det här uttalandet från de egna leden landade på intet sätt väl. Snart hade halvledaren i fråga försvunnit i stället. En halvdag senare försvann också tidningen som hade rapporterat om händelsen. Men när det gällde Sputtovko blev det ju ganska uppenbart för alla att han nu var återfunnen.

På utlandssidorna stod det också om president Grumpy och hans tillkortakommanden:

"Sedan presidentens märkliga tal har spekulationerna gått varma. Republikanerna frågar sig om spektaklet var en iscensatt kupp. Kan någon som utgav sig för att vara presidenten ha ställt sig i talarstolen?

Pratshowvärden M. Stillwater sällar sig till den grupp som tyckte att presidentens näsa såg större ut än vad den egentligen är. Och, menar M. Stillwater, var inte håret påfallande likt en peruk eller toupé?

'Nej', svarar en talesperson för demokraterna. 'Han ser bara ut sån'

Diskussionerna lär fortgå tills Grumpy återigen ger sig till känna för allmänheten. Hittills har han hållit sig undan offentligheten vilket av många tyder på att det verkligen var han som höll det häpnadsväckande talet."

Caspar gick vidare till inrikesnyhetssidorna. Där fanns en bild på ett band från Falköping som nyss hade slagit igenom.

'Everrock, heter de. Jaha' tänkte Caspar.

'Det var som sjutton! Det ser precis ut som den där Albert…'

Caspar drog sig till minnes låten *Dance* som det stod om. Hade inte den spelats ofantligt mycket redan?

Han tyckte sig ha hört den i kommunhusets fikarum, hos sin frisör och kanske hade den också spelats i radion på bilprovningen.

'Åja' tänkte Caspar lugnt. 'Då var det mysteriet löst. Hela hyreshuset har kokat av nyheten och inte haft tid över för något annat. Såklart'

I samma stund som han slog igen tidningen kom en liten Mini Cooper åkande på vägen. Den svängde in på parkeringsplatsen vid hyreshuset. Bildörren for upp och Elaine steg ut.

Kapitel 13

Caspar Richardsson hade alltid haft ett gott öga till Elaine. Av den anledningen blev han fylld av entusiasm när han såg hennes bil svänga in på parkeringen intill hyreshuset. Han öppnade hastigt sin bildörr och tog ett lätt skutt ut på gatan. Elaine tycktes inte lägga märke till honom förrän han uppenbarade sig alldeles intill hennes bil. Då såg hon upp och utbrast:

"Åh, vad bra! Har du kommit för att leverera min tvättmaskin?"

Caspar såg oerhört förolämpad ut.

"Nämen" tillade Elaine besviket. "Jag är visst i andra tankar totalt idag. Det är ju du Caspar. Men jag väntar på att det ska komma några och leverera min tvättmaskin idag"

"Jag förstod nästan det" svarade Caspar.

"Tänk dig!" utbrast Elaine med iver i rösten. "Jag ska äntligen få en egen tvättmaskin i lägenheten. Vilken röra det har varit på senaste tiden med tvättstugan! Jag tror inte att du kan föreställa dig vad det innebär att försöka dela en tvättstuga med Maja. För att inte tala om Claes-Åke och Bengt. Bengt har en närmast manisk inställning till vattenbesparing, förstår du"

Caspar försökte förstå. Men med tanke på att han bodde i villa, och hade haft egen tvättmaskin i hela sitt liv, så sträckte sig inte hans fantasi till sådana höjder.

"Jag ringde på häromdagen" sa han istället. "Men du var visst inte hemma"

"Nej" svarade Elaine och baxade ut sin turkosa resväska från bilen. "Jag var i Stockholm"

Caspar erbjöd sig att hjälpa till med väskan.

"Jag tar den själv" sa Elaine och lyfte upp den i sin famn. "Ena hjulet har gått sönder, förstår du, så man får bära den och den är rejält tung"

Caspar såg en aning förvirrad ut medan Elaine traskade iväg över gräsmattan med resväskan i högsta hugg. Så återfick han plötsligt sin vitalitet och följde efter med snabba steg.

"Jo, jag överlämnade ett viktigt dokument kring en hyreshöjning. Hoppas det inte innebär några problem för dig Elaine. Men omkostnaderna ökar ju i dessa tider och alla får dra sitt strå till stacken, så att säga"

"Om man är en myra, ja" förtydligade Elaine medan hon började bära resväskan uppför trappan till tredje våningen. Caspar följde henne i hälarna uppför den branta trappan.

"Jo, jovisst" sa han och skrattade till lite. "Nu hoppas jag att det här inte skapar en dålig stämning oss emellan. Vet du vad! Vad sägs om middag på restaurang ikväll som kompensation?"

Elaine stannade hastigt upp och vände sig om på ett av trappstegen. Caspar hann inte reagera och gick rakt in i hennes turkosa resväska med näsan först.

"Ikväll? Som en kompensation för en hyreshöjning?" utbrast Elaine.

"Ja" sa Caspar och gnuggade sin näsrygg.

Det fick honom att låta som om han hade nästäppa.

"Vilken restaurang? Eller vänta…" sa Elaine snabbt.

"Om jag får bestämma så kör på Tapas, den spanska restaurangen runt hörnet. Jag bara älskar tapas"

"Fint" sa Caspar och sken upp. "Vi ses då. Ska vi säga klockan sju?"

"Utmärkt, utmärkt" sa Elaine nöjt. "Ja, vi måste ju alla äta. Jag ordnar med det. Lita på mig"

Caspar skulle just fråga vad hon menade med det där sistnämnda när Maja kom gående från andra våningen. Hon svängde så med käppen när hon gick att Caspar ryggade undan. Under tiden hade Elaine redan tagit sig upp till tredje våningen.

"Kan en gammal dam få hjälp nerför trapporna?" frågade Maja och spände ögonen i Caspar.

"Eh, jag har lite ont i ryggen för tillfället" sa Caspar.

"Dumheter. Pjosk. Ont i ryggen, säger han? Vad är lite ont i ryggen? En annan har ont i fötterna, knäna, ryggen, axlarna, nacken och huvet. Det är något att klaga på det"

"Jag sträckte mig när jag spelade padel" förklarade Caspar. "Och jag är rädd att vi riskerar att trilla båda två i trappan om du ska luta dig mot mig"

"Har en hört på maken! Sträckte sig när han paddlade. På min tid paddlade man för sin överlevnad när man var ute på haven och fiskade. Det var inget man gjorde för nöjes skull, inte. Och kom man undan med lite ryggont, så var man evinnerligt tacksam!"

"Ja, ja" sa Caspar otåligt. "Jag kan väl hjälpa tant då"

"Hjälpa mig? Kommer inte på fråga. Dig har jag sannerligen fått nog av nu. Uff…, lämna en gammal dam ifred, vill han!"

Maja fortsatte frustande nerför trappan medan Caspar masserade sin onda rygg. Det tycktes ha gått honom förbi att han inte hade tänkt ett dugg på ryggen när han hade erbjudit sig att bära Elaines väska. Så sträckte han plötsligt på sig och gick lättsamt nerför trappan när han kom att tänka på kvällens middag.

Middagen blev något helt annat än vad Caspar hade tänkt sig. Han klädde sig fint med vit skjorta, smal slips och kostym.

Till råga på allt tog han plats på restaurangen redan halv sju för att försäkra sig om ett bord. Restaurangen var någorlunda tom på gäster så Caspar behövde inte ta till sin reservplan att muta servitören för att få det bästa bordet. Plötsligt kände han av en knackning på axeln och vände sig om. Till sin stora förvåning stod han öga mot öga med självaste före detta riksdagsledamoten Hansson.

"Se är det inte du, Richardsson!" sa Hansson och klappade Caspar hjärtligt på axeln så att sträckningen i ryggen kändes av igen.

"Hansson" sa Caspar. "Vad i helskotta gör du här? Jag trodde att du åtminstone satt kvar i riksdagen tills nästa val?"

"Jodå, visst. Men det är illa nu. Riktigt illa"

'Jag trodde inte det kunde bli värre än vad det redan är' tänkte Caspar irriterat. Högt sa han:

"Jaha, tråkigt att höra. Vi ses väl nån dag igen. Jag har ett avtalat möte här nu, så vi får höras"

"Jag säger bara en sak" sa Hansson moloket. "Cannes blir min undergång. Jag är finito, slut, finished, hyvästi au revoir!"

"Cannes!" utbrast Caspar. "Du menar den där resan med kommunstyrelsen?"

Och med onda aningar började Caspar oroa sig för fortsättningen.

"Jo, apropå restaurang, så gick vi ju en del på fina restauranger där. Drack en del, det gjorde vi ju också"

"Ja, ja. Men du hade ju fått partiets ansvar för ekonomin"

"Kan så vara. Men lägg nu inte hela ansvaret på mig Richardsson!"

"Det var ju ditt ansvar!"

"Det kan diskuteras" sa Hansson och höjde ett pekfinger i luften. "Ni andra vet ju hur jag är med siffror och ändå lade ni ansvaret på mig. Det var oansvarigt av er att lägga hela bördan på någon så oansvarig som mig själv"

"Och Gud i himlen spelar harpa!" utbrast Caspar.

"Jo, det vet jag. Visst. Eller var det inte änglarna som gjorde det? Egentligen?"

"Det var inte det jag menade. Hur kan du vara så urbota igenkorkad?"

"Inte den tonen, tack! Vi i partiet sitter i samma båt och får ta och ro den iland tillsammans. En för alla, alla för en. Jo, nu var det ju så att jag var lite sugen på tapas. Och så…"

"Vad fasen var det med Cannes då?"

"Jo, just det"

Hansson harklade sig nervöst.

"Det drog iväg lite. Räkningarna staplades på hög och jag insåg att vi hade överskridit vår budget. Till att börja med la jag undan en del av räkningarna i ett kuvert för att slippa se dem. Men då började ju räntan ticka på. Det tickade och tickade. Så då beslöt jag mig för att låna några små slantar från kommunens budget"

"Jag tror att jag måste sätta mig ner" sa Caspar och grep tag i närmaste stol.

Hansson satte sig också ner vilket fick servitören att dyka upp intill bordet.

"Får jag lov att ta er beställning…"

"NEJ" röt Caspar och servitören lämnade indignerat bordet sedan Hansson ursäktat sig för kollegans utbrott.

"Jag har faktiskt inte tid med det här" sa Caspar efter att ha andats djupt under ett antal sekunder.

Han knackade på urtavlan till sitt armbandsur och tillade:

"En bekant till mig kommer hit om bara tio minuter"

"Gott om tid" sa Hansson. "Jag tänkte bara uppdatera dig om det senaste. Sen ska jag ta ett eget bord längre in. Du kommer inte att märka av mig alls. Jo, jag har bokat in mig hos den där kända pratshowvärden. Du vet, hon som heter Jane och som sänder från Stockholm. Ja, för att dementera det hela nu efter att Falköpings-Nytt publicerar avslöjandet"

"Jaså, efter det" sa Caspar uppgivet. "De har förstås fått reda på alltsammans! Vet du vad Hansson, det här är din soppa och inte min att reda ut"

"Nä, nä!" protesterade Hansson och tillade:

"En för alla, alla för en"

"…klantskalle, dumstrut" fyllde Caspar i. "Eller var det kanske en slarver? Vilket onödigt uttryck att slänga sig med i din situation! Så du tycker att det är bättre att dra med sig allihop i fallet? Tack för den"

I samma stund nådde Caspars misär sin kulmen för den kvällen. Glasdörren slogs upp och ett helt sällskap tågade in i den glesbefolkade restaurangen. Servitören blev eld och lågor. I sin iver började han sammanfoga flera bord för att gruppen skulle kunna sitta tillsammans. Caspars uppmärksamhet var fortfarande fäst vid Hansson när en välbekant röst från det nytillkomna gänget hördes.

"Nu är vi här Caspar! Kom och sätt dig vid det här bordet istället" sa Elaine.

Hansson drog sig hastigt undan för att inte bli igenkänd samtidigt som Caspar reste sig upp från bordet. Hans blick vandrade från det ena välbekanta ansiktet till det andra bland hyresgästerna på Björkgatan 24.

"Vad…, i…, självaste…"

Bengt kom fram och gav honom en dunk i ryggen.

"Hyggligt av dig att bjuda oss på middag! Jag hade på känn att du inte var så dum, trots allt, när allt kom omkring. Nu är det visserligen så att jag är vegan så jag får se om det finns något som jag kan beställa. Men ett glas vin går ju alltid ner, eller hur?"

Caspar log stelt och insåg att inbjudan tydligen också hade sträckt sig till Everrock med samtliga medlemmar. Till och med den där Amanda med sin tröttsamma och lättirriterade foxterrier hade satt sig vid långbordet.

"Det här blir nog herrejädrans till en nota du" sa Albert och följde Bengts exempel att ge Caspar en dunk i ryggen. Sträckningen efter padeln hade sällan känts mer smärtsam än nu.

"Vi kan dra en akustisk version av *Dance* senare" insköt gitarristen Fredrik. "Som tack för middagen"

"Underbart" svarade Caspar syrligt och fann sig snart sittande mellan Bengt Bengtsson och Maja.

Den förstnämnda pratade glatt om sina planer på ett insektshotell till hyreshuset. Maja, å sin sida, hade totalt snöat in på Caspars tidigare kommentar om padel och

ryggont. Den gamla damen valde olika sorters fisk-
baserad tapas och berättade entonigt om sin uppväxt på
Västkusten. Caspar skulle därefter alltid associera den
spanska tapasrestaurangen med insekter och fisk.

Kapitel 14

Claes-Åke hade äntligen lyckats hitta en matta som var identisk med den han tidigare förlorat till den stora tuggen. Med lite hjälp från den tekniskt kunnige Zacharias, som ställde sig ganska frågande till hela företaget, hade Claes-Åke hittat en likadan matta på sajten Anteckningsblocket. Han hade sedan tagit taxi till säljarens adress och hämtat mattan.

Nackdelen var att säljaren hade en extra lurvig Coton de tuléar som hade fällt en massa hår på mattan. Claes-Åke blev därför tvungen att återigen bege sig till kemtvätten. Skomakaren, tillika kemtvättsägaren, lyfte lite på ögonbrynen när han klev in med mattan i en sopsäck.

"Så du hittade den till slut?" frågade han.

"Både ja och nej" sa Claes-Åke.

"Det här är inte samma, men en likadan"

"Mhm" sa skomakaren med måttligt intresse och tittade ner i soppåsen. Han granskade en bit av mattan.

"Den verkar inte smutsig, men..."

"Det där som du ser" förklarade Claes-Åke. "är päls från en Coton de tuléar"

"Vad pratar du om? Tallkottar?"

"Nej" sa Claes-Åke. "Jag tyckte mer att det såg ut som en liten hund"

"Men det här är en kemtvätt" förtydligade den olycklige ägaren. "Vi tvättar smutsiga mattor men att ta bort hundhår från rena mattor är en annan sak"

"Äsch" sa Claes-Åke. "Det är väl bara att borsta och skaka mattan lite extra. Jag kommer förbi och hör om den är klar om några dagar"

"Okej" hann skomakaren säga innan Claes-Åke hade försvunnit ut genom dörren.

'Jag vet inte riktigt hur det här gick till' tänkte skomakaren, tillika kemtvättsägaren. Han var ingen expert på franska men gjorde en sökning på nätet och förstod att han tydligen arbetade med *nettoyage des tapis des poils de Coton de tuléar* nu också. Det lät ju faktiskt ganska fint när allt kom omkring.

*

Bengt Bengtsson satt i sin lägenhet och lyssnade på radion medan han åt en ovanligt liten munk. Det var viktigt för Bengt att hålla sig i form och man fick inte överdriva med sockerintaget. Han slurpade på sitt kaffe. Kaffekoppen var vit och bar den grå texten "Världens bästa svåger" omgivet av ett, lika gråfärgat, hjärta. Nyhetsrapporteringen drog i gång med ett högt plingande ljud som fick Bengt att nästan sätta donuten i halsen. *"Diplomatisk kris"* hördes det. *"Den auktoritära ledaren Sputtovko har just siktats i sin privatjet på väg mot Sverige. Utrikesdepartementet rapporterar att man har mottagit information om att han ämnar sig till klimattoppmötet i Göteborg. Då Sputtovko inte har mottagit en inbjudan, försätter detta beteende regeringen i en högst besvärlig sits. Man hoppas, uttrycker en minister, att han bara är på en allmän rundresa, eller har siktet inställt på en polarresa till Arktis för att, i bästa fall, hamna i närkontakt med en, förhoppningsvis förargad, isbjörn"*

Bengt slurpade lite till på sitt kaffe. Han var djupt försjunken i tankar medan radion fortsatte att skräna i bakgrunden. 'Vad ofantligt mycket elände det finns i den här världen' tänkte Bengt. Och nu skulle också den där nickedockan bege sig till klimattoppmötet! Bengt kände hur han blev hetare och hetare om kinderna desto mer han tänkte på det.

'Nej! För bövelen. Nu får det banne mig vara nog!' tänkte han och skakade frenetiskt på huvudet. Skulle nu också den där talaren, som aldrig lät andra tala, få pådyvla folk sitt klimatförnekande på bästa sändningstid? Var det inte tillräckligt att Grumpy skulle dyka upp där också? 'Nej! Nu får det vara nog!' tänkte Bengt och beslutade sig för att upprepa det högt. När han så hade gjort det, tillade han för sig själv:

"Det är ju inga konstigheter egentligen, att ordna en sådan sak. Nej, verkligen inte. Det fixar jag. Då får han smaka sin egen medicin. Det är inte mer än rätt"

Kapitel 15

Sputtovko begav sig välvilligt till Göteborg och klimat-
toppmötet. Det var viktigt att visa upp sig i sådana
sammanhang, ansåg han. Mötet vore ju ingenting utan
honom och han ville inte beröva de stackars stads-
överhuvudena förundran över att se någon som honom
där.

"De måste ju förstå att de inte är någonting alls i
jämförelse med mig" sa han stolt till en av sina halv-
ledare. De satt på en privatjet som just befann sig över
Östersjön.

"Förresten ska det bli intressant att se hur det går med
den där affären" tillade han. "Är allt i sin ordning?"

Halvledaren nickade.

"Vi har våra bästa på uppdraget. Mycket pengar står
på spel, så inget får gå fel"

Sputtovko nickade allvarsamt.

"Och en fråga till" sa han medan han beordrade in
mer champagne till sig.

"Vi tog väl med oss Sputtovko-spelet?"

Halvledaren nickade och tog triumferande fram ett
runt spelbräde som på alla sätt och vis liknade spelet
Solitaire. Med det var sedan Sputtovko upptagen under
resten av flygningen.

I förarkabinen var förste- och andrepiloten sysselsatta med navigering och kommunikation med flygledningen i Göteborg. Ordväxlingen var ordrik och intensiv.

Andrepiloten slängde av sig sitt headset med några uttryck som av allt att döma var svordomar. Han vände sig uppgivet till förstapiloten:

"Omöjligt. De ger oss inte vårt förbannade landningstillstånd"

"Förbannat!" utbrast den andre, som alltså var den första piloten, och tillade:

"Du får gå och berätta det för chefen. Man kan tycka att han borde ha tänkt på den saken i förväg. Rent hypotetiskt alltså"

"Jag går väl och gör det då" sa andrepiloten avvaktande. "Om inte du vill göra det, vill säga? Jag kan ta över spakarna"

"Nej, jag skulle gärna göra det. Visserligen. Visserligen" sa hans yrkeskollega. "men jag lade en hel del vitlök i min lunchmacka och har fått fruktansvärt dålig andedräkt. Så jag föredrar att du gör det, för allas vår skull"

"Jag ska göra det. Nu meddetsamma" sa andrepiloten bestämt. "Först ska jag bara uppsöka toaletten"

Han begav sig iväg med långsamma steg och tog rejält med tid på sig, tyckte förstapiloten. Slutligen kom han tillbaka. De hade nu börjat närma sig destinationen.

"Jag blir tvungen att cirkla omkring landningsbanan" sa förstapiloten. "Nej, det går ju förresten inte. Då lär chefen undra varför vi inte landar. Jag ändrar kurs i stället. Lite mer österut kanske"

Han såg irriterat på andrepiloten.

"Nå, du skulle ju berätta för honom. Vad hade du tänkt att vi gör när bränslet börjar ta slut?"

"Vi skulle inte kunna landa ändå? Jag står hellre ut med en arg flygledare än…"

"Än vadå?" frågade förstapiloten och fick det att låta som ett synnerligen otäckt hot.

"…än att göra chefen besviken. Han har ett förfärligt humör. Rent hypotetiskt alltså"

"Du menar alltså att du inte vill göra chefen besviken? Eller menar du att det är herr Sputtovkos eget fel om han blir besviken?"

Andrepiloten svalde och sträckte sig efter sin vattenflaska.

"Varmt här, eller hur? Man blir fruktansvärt törstig"

"Svara på frågan"

"Jag menar det som kan uppfattas mest som att jag rättar in mig i ledet och inte har någonting att anmärka på. Men det är bara i teorin, i verkligheten, menar jag… alltså, det är bara i teorin. Rent teoretiskt alltså"

"Ahaa!" sa förstapiloten. "En förrädare, vill säga"

"Nej, det vill jag inte alls säga" sa andrepiloten.

"Vi tar hand om dig när vi har landat igen. Ta dig nu i kragen, karl, och gå ut till chefen och säg att vi inte har fått vårt landningstillstånd!"

"Jag tror att jag säger att vi aldrig kommer att landa, i så fall" sa andrepiloten och fortsatte:

"Jag kan förklara att det är en abstrakt beskrivning av våra omständigheter"

I samma ögonblick sökte flygledningen åter kontakt och andrepiloten satte hastigt på sig headsetet. Han såg plötsligt upp, med en lättad min, och sa:

"De har ändrat sig. Vi kommer att få landa, trots allt, fast med nya koordinater"

"Nåväl, är det i närheten så går det väl lika bra" sa förstapiloten. "Du står för navigeringen, men jag har inte glömt vad du sa tidigare. Kom ihåg det"

Inte undra på att andrepiloten accepterade de nya koordinaterna som han mottog. Det är synnerligen vådligt att rikta hotelser mot någon som man är direkt beroende av. Till läsaren kan nämnas att hotelser mot tandläkare, bilprovare, lokförare, mäklare, godishandlare, kökspersonal, frisörer, biljettkontrollanter samt närliggande diskuskastarföreningar, alltid har en tendens att vändas emot en. Eller vänta ett slag...hotelser i alla riktningar har nog den tendensen. Som en bumerang kommer de alltid tillbaka. Därför var det inte andrepilotens fel att Sputtovkos privatjet hamnade på villovägar. Nej, förstapiloten hade redan satt bollen i rörelse. Eller snarare privatjeten. Och kanske, på ett hörn, bar även en viss Bengt Bengtsson i Falköping skulden till den kommande händelseutvecklingen.

*

Grumpy hade också siktet inställt på klimattoppmötet i Göteborg. Om sanningen skulle fram så ville han inte alls medverka på tillställningen. Det var Mr. Speakalot som hade förmedlat fördelarna med att delta och han hade lyckats i detta, till synes, hopplösa företag.

Grumpy skulle få chans att, ännu en gång, synas på världsscenen och få alla blickar riktade mot sig. Det var ett skäl så gott som något annat, tyckte Grumpy, och tog välvilligt sitt presidentplan till Göteborg. Detta skedde med större framgång än för Sputtovkos privatjet, men så hade också Grumpy den goda smaken att inte hota någon alls. Framförallt inte en av piloterna. Det kan hända att han hotade Mr. Speakalot, men denne mottog hans dåliga humör med en uttryckslös min. Grumpy fick god lust att irritera sin underhuggare lite mer. Han drog efter andan och antydde sedan att fadäsen under utnämningen av den nya domaren riskerade att åter-upprepas på klimattoppmötet.

"Det är stor risk att jag säger något dumt igen" utbrast han. "Men du var ju helt säker, Speakalot, på att det inte skulle behöva upprepas igen. Något fel med mikrofonen påstod du visst"

"Hrm" började Mr. Speakalot. "Underrättelsetjänsten menade nog snarare att det var fråga om ett sabotage. Jag kom bara med en antydan om att mikrofonen kanske hade med saken att göra"

"Och alla är ni säkra på att det inte ska hända igen. Jag varnar dig, händer det igen, så får ni sparken allihop"

"Förlåt" sa Mr. Speakalot. "Vilken nivå av felsägning är det som vi pratar om?"

Olycka! Han hade sagt det högt.

"Ber så hemskt mycket om ursäkt, Mr. President. Jag tror att jag slumrade till en aning"

"Här slumrar vi inte till!" förkunnade presidenten vresigt. "Slumra till. Det var det värsta jag har hört"

Mr. Speakalot andades ut. Grumpy hade reagerat på det sistnämnda och inte uppmärksammat hans tidigare kommentar. Några minuter senare fick Mr. Speakalot en stunds respit från sin arbetsgivare. Presidenten hade slumrat till i sin exklusiva flygstol och snarkade så att det stod härliga till.

Grumpy var inte alls beredd att göra några större eftergifter för klimatet på mötet. Säkerligen skulle Moder Jord ha tackat honom om han hade hållit sig hemmavid med avseende på privatjeten. Men Grumpy lyssnade inte gärna på Moder Jord och följde således inte rådet.

Natur, och utflykter i skog och mark, intresserade honom inte. Nej, han var mer av en betongförespråkare på det stora hela. I Grumpys värld kunde nämligen allt byggas bort. Bostadsbristen kunde byggas bort, arbetslösheten kunde byggas bort, inflationsrisken kunde byggas bort och likaså klimatkrisen. Men i klimatkrisens fall hänvisade inte Grumpy till byggandet av vindkraft eller solceller utan snarare till det fortsatta byggandet av sitt eget fastighetsimperium. Det skulle nämligen resultera i att han blev rikare, och eftersom rikedom (enligt Grumpy) skyddar mot alla möjliga slags kriser, skulle den nog också visa sig effektiv mot en klimatkris. Om nu en sådan verkligen var förestående, vilket Grumpy i hög grad betvivlade.

Kapitel 16

Det var vid den här tiden som Elaine började misstänka att allt inte stod rätt till med Megafonen. Det fanns vissa indikationer på att någon eller några hade mixtrat med den. Samma dag när hon kom hem från mataffären upptäckte hon att dörren till lägenheten stod olåst.

"Stopp på belägg!" hördes en röst inifrån lägenheten. "Om man ska ha rätt att använda sig av Megafonen så får man respektera kösystemet"

Hon öppnade dörren till lägenheten och steg in med pulsen bankande i tinningarna. 'Vem kan med att gå in i min lägenhet oanmäld!' tänkte hon och rundade hallen till vardagsrummet. Där trängdes samtliga medlemmar i Everrock med Bengt Bengtsson.

Pingo hade för ovanlighetens skull lämnats kvar i Bengts lägenhet efter fadäsen under Grumpys tal.

"Vad ÄR det här!" röt Elaine med oanade röstresurser.

Sorlet bland bandmedlemmarna och Bengts pågående instruktioner tystnade.

"Här är man borta en enstaka timme för att handla" fortsatte Elaine. "Och så är ens hem under belägring när man kommer tillbaka!"

"Det är en ganska remarkabel uppfinning. Ehum, megafon som du har här Elaine" sa Bengt och såg för ovanlighetens skull väldigt timid ut.

"Jag har aldrig varit med om något liknande!" förkunnade Elaine.

Det rödblonda håret var okammat och föll ner över hennes axlar som eldsflammor. I den stunden påminde hon starkt om ett ilsket lejon på väg att attackera.

"Jaha, Everock" sa Bengt moloket. "Jag tror att det är bäst att vi ber om ursäkt och skyndsamt lämnar Elaine ifred"

"Ursäkta" sa trummisen Axel som stod närmast. De andra bandmedlemmarna följde hans exempel i något som faktiskt liknade ett kösystem.

"Vi tänkte bara lansera vår senaste låt *Swing*" sa Albert när de andra hade passerat ut i trapphuset.

"Verkar jag intresserad?" frågade Elaine retoriskt.

Albert såg ut som om han just blivit djupt förolämpad och mumlade fram en ursäkt innan han försvann i väg mot hallen. Då var det Bengts tur.

"Tusen ursäkter Elaine" sa han. "Jag hade fått för mig att du var på jobbet. Men tänk så här: Megafonen är en fantastisk uppfinning. Du har, bland annat, bidragit till att president Grumpy i USA har ..."

"Verkar jag intresserad?" sa Elaine kallt.

"Men visst är du det? Vem skulle inte vara det?"

"Jag har ingen åsikt i frågan" sa Elaine. "Och hur kan du förresten veta vad följderna blir av din inblandning? Megafonen var i alla fall inte avsedd för en massa trams"

"Trams!"

Nu var det Bengt som såg djupt förolämpad ut.

"Hur kan du kalla det för trams när hela klimatet står på spel? Och vad skulle då Megafonen egentligen användas till om inte till att förändra världen?"

"Det är en ordlek" sa Elaine bestämt. "Megafonen var ämnad för sin motsats"

Bengt verkade grubbla över detta men Elaine gav honom ingen tid till reflektioner.

"Det enda jag ville ha var lite lugn och ro" sa hon. "Tystnad! Men Megafonen gör skäl för sitt namn på sitt sätt. **Här är det ju bara röra och kaos, skrik och bråk"**

Hon såg stint på Bengt Bengtsson som förstod vinken och återigen ursäktade sig innan han skyndade ut från lägenheten.

Elaine smällde igen dörren efter sina objudna gäster. Efteråt blev hon stående en stund i hallen. Hon andades sakta ut och försökte att lugna ner sig. Sedan gick hon in till vardagsrummet och betraktade sin zebra-randiga uppfinning.

"Om jag skulle försöka få ordning på dig ändå. Bara jag får lite lugn och ro till att arbeta ifred. Det är förfärligt vad jag känner mig stressad"

Hon stirrade intensivt på Megafonen och hötte sedan med knytnäven mot den.

"Vad du har ställt till det! Jag skulle få det lugnt och skönt, tänkte jag, men fick jag det? Jag är mer stressad än någonsin tidigare"

När professor Elaine var färdig med att rikta sin ilska mot Megafonen, gick hon och satte sig i sin breda soffa och tog några djupa andetag. Hon hade hört på TV-programmet "Fråga terapeuten" att man skulle göra så för att lugna nerverna i stressade situationer.

Det var verkligen avslappnande. Så avslappnande att Elaine somnade.

När hon slog upp ögonen igen hade mörkret sänkt sig över Falköping. Utanför det rektangulära fönstret (fönster har oftast den formen) satt en koltrast på en poppelgren och drillade högt. Elaine blev sittande i sin breda soffa och tittade ut på poppeln och koltrasten. Hon kände sig lite mer sansad nu och började fundera på ett och annat. Till exempel om hon någonsin hade sett ett triangulärt fönster. 'Man har sett cirkelformade fönster' resonerade hon. 'Men aldrig triangulära. Undra varför? Tänk om jag skulle experimentera med att sätta in ett trekantigt fönster? Jag kunde ta patent på det och bli rik. Så rik att jag kunde flytta till någon glesbefolkad ö där folk ville lämna mig ifred. Det vore nog enklare än att fixa Megafonen'

Tanken var god, tills hon kom att tänka på hyresvärden.

'Där går nog gränsen för vad Caspar godkänner. Jag skulle inte få tillåtelse att sätta in ett triangulärt fönster till lägenheten'

När Elaine på detta sätt fick lite distans till sin idé, började hon tycka att den var riktigt fånig.

'Jag kan inte ens sitta och lyssna till en liten koltrast som sjunger på poppelgren utan att tänka på jobb. Det är verkligen illa ställt med mig'

Och så fällde hon några tårar rent mentalt. Elaine hade alltid haft lite svårt för att gråta, men hon kunde konsten att snyfta utan tårar. Och det var vad hon nu gjorde.

Kapitel 17

Dimman låg som kantstött klister kring Sputtovkos flygplan. Han satt och såg ut genom fönstret utan att egentligen se någonting alls. Denna företeelse var inte alls särskilt ovanligt förekommande för ledaren, men då hade han oftast inte vädrets makter att tampas med.

"Dimmigt" konstaterade han och fick ett jakande svar från halvledaren en bit bort. Han kunde lika gärna ha påstått att vädret var ovanligt fint och ändå fått ett jakande svar från halvledaren. Det var alltså som upplagt för *fake news*. Med tanke på väderprognosernas sanningsgrad hade vädret faktiskt kunnat te sig precis hur som helst, men till Sputtovkos otur var det verkligen rejält disigt. I vilket fall kallade han aldrig *fake news* vid det namnet. I hans värld hade de snarare benämningen "Sputtovkos sanningar" och alla andra slags nyheter var illasinnade och ämnade att ge sig på honom personligen. Det här var bara ett exempel på hur komplicerad Sputtovkos tillvaro var. För att inte tala om att hans egen ställning som auktoritär ledare var beroende av en annan auktoritär ledare. Men hans situation skulle komma att bli ännu mer tilltrasslad när flygplanet, som han satt i, väl hade landat.

När trappan hade rullats fram, och samtliga passagerare i planet hade klivit ut, blev de stående på den asfalterade marken och såg sig omkring. En man i reflexväst stod längre bort och tittade storögt på sällskapet utan att göra någon ansats till att komma dem till mötes.

"Var är välkomstkommittén?" frågade Sputtovko desillusionerat. Halvledaren och de andra i sällskapet stod tysta och gravallvarliga.

"Det blir nog ingen välkomstkommitté" sa förstapiloten som just kom gående nerför trappsatsen.

"Jag lämnar det till min kollega att förklara närmare" fortsatte han och vände sig om för att invänta att andrapiloten skulle komma efter. På stapplade ben kom så hans kollega och anslöt sig till den lilla folksamlingen på marken. Den reflexprydda mannen längre bort stod fortfarande och stirrade på dem.

"Nå" sa Sputtovko med järnröst och betraktade andrapiloten. Mer hann dock inte bli sagt innan denne vände på klacken och sprang bort i dimman med farten av en elitlöpare. Förstapiloten skrek till av ilska och förvåning över kollegans plötsliga flykt.

"Ta fatt honom!" instruerade han livvaktsstyrkan och förklarade att de hade att göra med en förrädare. Två av livvakterna försvann iväg i dimman på jakt efter andrapiloten. Och vips, så var det tre personer färre i Sputtovkos stab än tidigare.

"En förrädare minsann" sa Sputtovko och gjorde en grundlig utfrågning av förstapiloten för att få reda på omständigheterna. När ledaren var klar lyfte han blicken till sin omgivning och utbrast:

"Vad är det där för en människa som stirrar så på Sputtovko!?"

"En nolla, helt uppenbarligen" sa halvledaren och Sputtovko kände sig återigen lugn. "Han har väl aldrig sett en ledare av er kaliber tidigare"

"Det låter rimligt" sa Sputtovko och skrattade högt. Så tystnade han plötsligt. Den obehaglige typen i reflexvästen hade plötsligt höjt en vit, rund skylt, som satt på en pinne, i luften. Han stirrade fortfarande på Sputtovkos sällskap som om han var helt chockad över att finna dem där.

"Vad ska detta betyda?" utbrast ledaren irriterat.

"Se till att någon går och talar om för den där typen att Sputtovko ogillar hans attityd och plakatpinne. Nu! Meddetsamma!"

En engelskspråkig underhuggare skyndade iväg och inledde en ordrik fråga till mannen. Han fick ett ytterst fåordigt svar.

"Vad sa han?" frågade ledaren när tolken återkom.

"Han säger att vi bör flytta på oss omgående, om jag förstod rätt"

"Omgående! Vad är då detta för näsvis rebell? Där Sputtovko har landat, där blir han kvar. Förstått!"

Och så gastade han några svordomar mot mannen ifråga. I samma ögonblick hördes en kraftig smäll.

Samtliga i sällskapet vände sig om för att se hur flygplanet svajade under bråkdelen av en sekund. Sedan kollapsade det främre landningsstället och planets nos dök ner mot marken med all sin tyngd. Förstapiloten var glad att han hade lämnat förarkabinen när dess ruta splittrades i tusen bitar.

Nu var det Sputtovkos tur att stirra. Han betraktade spillrorna av sitt exklusiva flygplan utan att få fram ett enda ord. Ut ur dimman uppenbarade sig långsamt en ångvält med förare.

"För tusan!" utbrast föraren. "Vem har kommit på idén att parkera ett flygplan på en alldeles nyasfalterad landningsbana?"

Sputtovko skulle just till att ta några steg åt sidan, för att rådgöra med sitt följe, när han blev medveten om att han inte kunde röra sig en endaste millimeter.

Han såg ner på sina skor som hade sjunkit ner i den varma asfalten.

Det fortsatta händelseförloppet erbjöd på alla sätt en underlig syn. De som inte hade fastnat i makadammen tvingades hämta brädor för att hjälpa till i räddningsaktionen. Sputtovko flåsade i sin mustasch medan han försökte hålla balansen. Man fick börja med att lyfta honom ur skorna för att sedan förflytta honom till säker mark.

"Jag vill aldrig i hela mitt liv se den där reflexprydda mannen igen!" utbrast Sputtovko och var så chockad att han glömde bort att tala om sig själv i tredje person.

Den engelskspråkiga assistenten frågade däremot de två arbetarna varför de fick ett sådant märkligt mottagande. Betedde sig alla göteborgare så här märkligt åt, ville han veta.

"Göteborgare?" upprepade den reflexprydde, som egentligen hette Peter, och fortsatte:

"Det finns inga göteborgare här"

"Mycket märkligt" sa tolken. "Menar vi att vi inte befinner oss i Göteborg?"

"Ja, nog kan man väl komma fel i dimman men det här är ju rejält, faktiskt helt otroligt, ur kurs. Ni befinner er på Åland" sa Peter.

"Vad är det för land?" undrade tolken som inte besatt tillräckliga geografikunskaper.

"Det är en ö" sa Peter korthugget. "Får jag fråga vad han där mustaschmannen är för en? Verkar tro att han är någon, eller hur?"

"Ehum" började tolken. "En ö minsann. Och den här ön tillhör alltså Sverige?"

"Nej, gudbevars. Vi befinner oss faktiskt mer österut, åt Finland till. Fast vi är ju inte långt ifrån svenska östkusten egentligen. Blir förresten mycket administration efter den här incidenten med flygplanet. En hel massa pappersarbete"

"Så vi befinner oss alltså i Finland?" frågade tolken och kliade sig i huvudet. "Ni pratar finska?"

"Märker du inte att vi talar engelska med varandra för tillfället?" sa Peter som började bli en aning irriterad på tolken. "I vanliga fall pratar jag svenska. Inte finska. Och vi befinner oss inte alls i Finland. Vi befinner oss på Åland som tillhör Finland men som är självstyrande"

"Åh" utbrast tolken nervöst och knäppte sina händer. "Men vad ska jag säga till den store Sputtovko?"

"Är det han med mustaschen? Usch, så det är han alltså. Varför skulle han landa just på min arbetsplats?"

Plötsligt var det som om tolken kom på en ny anfallsvinkel för att få klarhet i var de befann sig.

"Är ni således svenskar eftersom ni talar svenska?"

"Jag är finländare" insköt ångvältsföraren hastigt.

"Jag med" instämde Peter. "Men nu tycker jag att vi struntar i allt prat om nationaliteter. Det blir bara dumt. I nuläget är det viktigaste att vi får gjort pappersarbetet"

Tolken återvände slokörat till sin överordnade och försökte förklara var de hade hamnat. Sputtovko var inte glad, men så stod han också i strumplästen och kände sig frusen om tårna.

Kapitel 18

På Björkgatan 24 i Falköping hägrade friden tillfälligt. Claes-Åke hade återbördat den persiska mattan till hemmet. Han hade därefter försäkrat sig om att Elaine inte tänkte aktivera Megafonen genom att knacka på hos henne och fråga. Elaine hade svarat att hon inte alls tänkte starta upp mackapären utan snarare bygga om den. Det svaret fick vara gott nog för Claes-Åke som vågade sig på att dricka kvällens te i fåtöljen intill den persiska mattan.

Hans hustru verkade särdeles nöjd över kemtvätten och påbörjade en lång harang om att de borde ha skickat den dit långt tidigare. Hon vågade knappt tro sina ögon när hon hade fått se resultatet. Inte nog med att mattan var fri från fläcken med te, den var dessutom precis som ny. Lystern hade kommit tillbaka. De slitna mattfransarna var åter i toppenskick. För att inte tala om mattluggen som hade växt några centimeter och som alltigenom föreföll betydligt fylligare.

Claes-Åke uppskattade inte hennes noggranna besiktning av mattan. Han var rädd att någon detalj, när som helst, skulle avslöja honom. Nåde honom om hon upptäckte bytet! Arvegods av det slaget, som länge hade gått i släkten, betydde mycket för Siw. Claes-Åke ville helst av allt att husfriden skulle bevaras. I tankarna hade han till och med kommit på en liten dikt på temat. Den gick ungefär så här:

"Gå på tå kring husefriden,
låt den få bestå,
i morgondagens solskensvatten,
på böljorna de blå.

Viska tyst för husefriden,
bland allting vi kan få,
med aftonskimmer genom sommarnatten,
blott husefriden vill jag nå."

Claes-Åke kände sig riktigt nöjd med den där dikten. Han berömde sig själv med att han hade lite av en poet och ordekvilibrist i sig. Han hade skrivit ner dikten på baksidan av ett paket med flingor, men tyvärr råkade Siw slänga förpackningen i soporna när flingorna tog slut. Claes-Åke hade skrivit en dikt om det också. Det kändes lite poetiskt på något vis, det där med ett stycke lyrik i soporna. Nu hade han börjat spara sina dikter i minnet i stället. Det var säkrare och erbjöd bra minnesträning på äldre dar. Och som pensionär behövde man ju alltid ha någonting att göra.

*

Enen var, sedan en tid tillbaka, nersågad. Ingen skulle längre behöva fastna i dess yviga grenar på sin väg till hyreshusets entré. Caspar Richardsson var för evigt räddad från att få kåda i håret som riskerade att misstas för en alltför övermodig användning av hårvax.

Allt var frid och fröjd, om det inte vore för stubben till enen. Den stod kvar i all sin glans bredvid grusgången.

"Dags att dra upp stubben väl?" påpekade Claes-Åke för Bengt när de, av en händelse, möttes i tvättstugan. Claes-Åke ansåg sig väldigt generös i sin vilja att hjälpa till. När Bengt såg en aning konfunderad ut, kom han därför med flera förslag på hur de kunde få bort den dumma trädresten.

"Jag föreslår" sa Claes-Åke "en större bil med dragkrok där vi kan fästa en tamp och sedan, lätt som en plätt, dra bort stubben"

Bengt tittade in i den snurrande tvättmaskinen. Han hade ställt den på Eco-mode vilket väsentligt irriterade Claes-Åke. Eco-mode tog fyra timmar på sig och det överskred tvättiden med råge.

Av någon anledning hamnade alltid Claes-Åke efter Bengt i schemat, trots att han försökte undvika det.

'Klockan nio, en söndagsförmiddag' kunde han tänka.

'Då hinner inte Bengt ta tiden före mig. Han vill säkert ha sovmorgon'

Men nej, Bengt dök alltid upp i sista minuten och satte sitt lås före Claes-Åkes i schematabellen. Och när den hederlige grannen väl kom för sin tvättid, ja, då stod Bengt där och väntade på att Eco-mode programmet skulle avsluta sin sista halvtimma.

"Eller" fortsatte Claes-Åke "så kan vi införskaffa en riktigt bra spade och gräva upp stubben. Jag tycker inte alls att den gör sig särskilt bra vid entrén. Det är som att säga till alla besökare att: 'Titta här! Välkommen till föreningen som låter gamla stubbar stå kvar till allmän beskådan' Nej, Siw och jag uppskattar lite ordning och reda. Tar man ner ett träd så tar man ner det till fullo, inte bara halvdant"

"Det är strax klart här" sa Bengt som var upptagen av sina egna tankar och inte riktigt hade registrerat att grannens samtal var något annat än bara kallprat.

"Har du hört på nyheterna förresten om att den där Sputtovko har strandat på Åland. Inte illa, va?"

"Sputtovko…, Sputtovko!" utbrast Claes-Åke. Det lät nästan som om han hade spottat fram namnet.

"Fast på Åland?" fortsatte han. "Jag tycker synd om ålänningarna. Det gör jag sannerligen. Men vad har det med stubben att göra?"

"Ingenting" sa Bengt. "Åh, stubben. Jovisst, den saken ska jag ordna med också. Om jag behöver hjälp? Nej, bekymra dig inte om det"

'Ännu en sak ordnad' tänkte Claes-Åke förnöjt när han återvände uppför trappan. Stubben skulle åtgärdas och tvätten var slutligen inplacerad i tvättmaskinen.

Nu återstod bara resten av tvättdagen med torktumling, strykning och vikning. Från Alberts lägenhet dunkade musiken högt och sammanföll nästan rytmiskt till Elaines hamrande på Megafonen.

'Det där…' tänkte Claes-Åke och reflekterade över oljudet. 'Det där tar jag itu med en annan dag. Man kan inte uträtta allt på en dag. Rom byggdes inte över en natt. Vad vore egentligen den här föreningen utan mig? Rena rama kaoset, skulle jag tro'

Kapitel 19

Elaine såg ut över omgivningarna. Det var ett vackert landskap med dessa fantastiska färgskiftningar i snömängderna som täckte bergssluttningarna.

Hon tog på sig de tjocka tumvantarna och sin mössa. Det var en speciell mössa i de brittiska färgerna. Den var extra fodrad och passade henne bra. Hon hade köpt den under en jobbresa till London. 'Underbart' tänkte hon där hon stod vid Mount Everest rand. 'Tystnad. Frihet. Som jag har längtat!'

Hon packade upp tältet från ryggsäcken och satte i gång med att montera det på platsen. Luften var kall och nästan krispig i sin friskhet. Här kunde hon äntligen andas ut från livets stress och samhällets krav.

Här kunde hon trivas.

Elaine fick upp tältet med en kvickhet och lätthet som skulle ha gjort den mest erfarne bergsbestigare avundsjuk. Men vad var också ett primitivt, om än modernt tält, i jämförelse med de svåra uträkningarna i hennes vetenskapliga profession? Det var helt klart en baggis. Också primusköket och en hopfällbar solstol togs fram ur packningen och ställdes i ordning.

När hon var klar med det viktigaste sjönk hon ner i solstolen och hällde upp en rykande kopp varm choklad från sin medhavda termos. Vidderna som bredde ut sig framför Elaine var häpnadsväckande. Bergsmassiven tornade upp sig mot himlen och det såg ut som om snön över dem hade fallit alldeles nyligen.

Tystnaden var av ett slag som Elaine inte tyckte sig ha upplevt på år och dar.

Hon satt länge och såg ut mot de vidsträckta höjderna. Sakta bredde den vita snön ut sig över hennes näthinna. Hon blundade lite lätt. 'Ja' tänkte hon sömnigt. 'Det var ju alltid vad min moster brukade säga: man blir trött av frisk luft' Och så somnade hon med en belåten suck.

När hon vaknade hade en kall vind börjat vina från öster och solen skymdes av snömoln som revs upp av blåsten.

Det började bli kallt, väldigt kallt. Elaine huttrade till och lyssnade än en gång till den behagliga tystnaden. Inte ens vinden störde henne nämnvärt. 'Hoppas att jag tog med mig tillräckligt med varma kläder' tänkte hon med en rynka mellan ögonbrynen.

Det var verkligen fasligt kallt.

*

Elaine var försvunnen. Just som hon hade kommit hem hade hon gett sig av igen. Amanda kunde inte riktigt förklara hur det hade gått till. Professorns Mini Cooper stod kvar på parkeringen utanför hyreshuset men av bilens ägare syntes inte ett spår. Amanda befarade att hon fortfarande var ordentligt rosenrasande för det där med Megafonen. Elaine hade inte anklagat Amanda för något feltramp. Tvärtom. Medan de andra grannarna hade fått höra prov på Elaines lejonröst hade Amanda bemötts med mildhet och tålamod. Amanda visste inte riktigt om hon skulle se det som ett gott tecken eller inte. Kanske var det så enkelt att hon och Elaine hade knutit ett band av inbördes samförstånd. Så kändes det i alla fall när Amanda tänkte på det. Hon hade insett att de var ganska lika varandra innerst inne. Det var möjligt att Elaine hade kommit till insikt om samma sak.

Det fanns i vilket fall inte så mycket tid över för att grubbla över var Elaine befann sig. Det hade blivit dags för möte i hyresrättsföreningen.

Styrelsen bestod vanligtvis av Claes-Åke, Bengt och Maja. Den sistnämnda var i alla fall registrerad som en del av styrelsen sedan flera år tillbaka, men dök liksom aldrig upp på själva mötena. De båda herrarna hade försökt att få henne att ge upp sin post, men på grund av allehanda missförstånd i kommunikationen stod Maja ändå kvar på listan över styrelsemedlemmar.

Claes-Åke och Bengt gav gärna intryck av att ha inflytande över hyreshuset trots att Caspar Richardsson alltid hade sista ordet. Den här gången var däremot situationen annorlunda. Styrelsen hade kallat in alla grannar till mötet. Man hade tydligen något viktigt att avhandla.

I ett av rummen på källarplan, det bredvid tvättstugan, hade man inrett en expedition för föreningen. Bengt höll i ordförandeklubban och Claes-Åke hade fått stolen närmast intill. Så började grannarna strömma till. Ljuset sken in genom fönstergluggarna och pelargonerna, som Siw hade ställt på långbordet, framträdde behagligt. Sticklingarna kom från Mårbacka efter en bussresa som paret hade gjort dit. Claes-Åke hade skämts över företaget med sticklingarna, men Siw trodde inte att Selma

Lagerlöf misstyckte till att föreningen fick lite flärd över sin expeditionslokal.

Vilken inspiration Siw hade fått av den där resan!

Hon hade startat en bokcirkel där Ulla och några andra väninnor ingick. De hade börjat med "En herrgårdssägen" och sedan fortsatt vidare till "Anna Svärd", följt av "Gösta Berlings saga". Just det här kungjorde Siw för de grannar som hade strömmat till mötet.

Att småprata är en skön konst som bemästras av den som har mest att säga, och Siw var på prathumör. Så pass mycket att Bengt slog med klubban i bordet för att visa på att mötet hade börjat. Till och med Everrocks alla bandmedlemmar var närvarande. De hade nämligen en punkt på agendan. Bandets närvaro gjorde att det blev ganska trångt i lokalen. Dagordningen för mötet var följande, och Bengt läste högt från sitt anteckningsblock:

1. Enen // Claes-Åke
2. Ljudnivån // Claes-Åke
3. Megafonen // Everrock
4. Hyreshöjningen // Amanda
5. Läckande tak // Zacharias

Claes-Åke fick ordet eftersom han hade satt upp de första punkterna på dagordningen.

"Ja, nu är det så att jag fick uppfattningen att Bengt skulle ta bort stubben" började Claes-Åke.

Han var lättad över att Maja inte hade dykt upp. Om hon hade varit med skulle han ha behövt upprepa sig till leda. Claes-Åke harklade sig och fortsatte:

”Döm då om min förvåning när jag, en morgon, kliver utanför porten och upptäcker att det står en ekorre intill entrén”

”En ekorre?” frågade Albert misstroget.

”Ja, nu är det kanske så att vissa hårdrockare här i huset har varit alltför självupptagna för att upptäcka det, men det står en ekorre, utsågad av stubben, bredvid entrén” sa Claes-Åke en aning syrligt. ”För att inte tala om att vi också bor i en musikstudio som överskrider den tillåtna ljudnivån med stor marginal. Jag har mätt med en decibelmätare, utlånad från...”

”Nu håller vi oss till en punkt i taget” fastslog Bengt. ”Vi kan inte avhandla allt på en gång”

”Ursäkta, angående stubben” sa Amanda blygt. ”Men jag tycker den är söt”

”Söt!” utbrast Claes-Åke. ”Vad har det med saken att göra? Har vi kommit överens om vilken skogsvarelse som ska utsiras från stubben kanske? Har vi röstat om stubben ska tas bort eller genomgå den renovering som nu är utförd?”

”Jag resonerade så här” sa Bengt sakligt. ”Eftersom naturen gynnas av att man lämnar kvar en del av det fallna trädet så tog jag tillvara på både stubben och ett antal grenar från enen. När jag la grenarna runt stubben insåg jag att en ekorre skulle passa bra ihop med alla barr”

”Den är faktiskt lite sned” sa Siw.

”Jag är miljöekonom, inte träskulptör” konstaterade Bengt buttert. ”Om Richardsson hade gått in med en slant skulle den ha blivit finare”

"Nu är det som det är" insköt Zacharias. "Jag tycker precis som Amanda att Bengt har gjort ett bra jobb. Vad hade du egentligen velat ha Claes-Åke?"

"Jag tycker bara att vi skulle ha röstat om det, i sann demokratisk anda. Jag ställer mig tveksam till om vi är någon typ av nystartad skulpturpark"

"Okej" sa Bengt som insåg att han hade vind i seglen.

"Vi röstar om det. Vilka vill ha kvar ekorren?"

Ett antal händer höjdes i luften. Alla utom Claes-Åke och Siw röstade för.

"Så var det med den saken!" sa Bengt triumferande.

"En seger för den biologiska mångfalden. Vidare till den andra punkten på dagordningen…"

Kapitel 20

Punkterna på agendan var avprickade, så även hyres-föreningens möte. Zacharias hade fått i uppdrag att ringa till Caspar Richardsson för att få ett utlåtande om sitt läckande tak. Han sköt uppgiften framför sig under resten av dagen och resten av natten. På morgonen vaknade han, noterade att det regnade och tog på sig regnjackan och en gul sydväst som hade vandrat i rakt nedstigande led från morfadern. Morfadern hade haft en fin gammal träbåt och ofta varit ute till sjöss med den. Sydvästen hade också fått följa med.

När Zacharias stod vid kokvrån och hällde upp kaffet på termosen för att ta med till universitetet, insåg han att läget var under all kritik. Dropparna från taket kluckade ner i hans termos i sakta mak. Han tittade upp för att lokalisera läckaget men fick istället en vattendroppe på de tunnbågade glasögonen.

När kvällen kom och Zacharias var tillbaka från sina studier på universitetet, ringde han upp ägaren till hyreshuset. Caspar satt i sin rektangulära, meterlånga soffa och hade bullat upp med popcorn till TV:n. Han rullade upp skjortärmarna för att inte riskera några smörfläckar.

"Ja, det är jag ja" sa han och hummade inkännande när Zacharias beklagade sig över det läckande taket.

"Jo, visst är det oacceptabelt. Men du, jag har redan fått info om det där problemet. Det är en utmaning i dessa tider att få tag på bra hantverkare bara"

"Inte hantverkare väl?" sa Zacharias. "Det är brist på sjuksköterskor, läkare, ämneslärare…"

"Ja, tack det räcker" sa Caspar och gäspade. "Jag har just suttit i möte om allt det där i kommunfullmäktige"

"…veterinärer, poliser, IT-personal…"

"Veterinärer?"

"Känner du inte till veterinärbristen? Jag trodde det tillhörde politikeruppdraget att sätta sig in i såna frågor" sa Zacharias och noterade samtidigt att det återigen hade börjat regna.

"Det var häromdagen när jag träffade Amanda, min granne du vet, vid entrén. Hon berättade att Lou hade hittat ett kycklingben i parken. I sista stund hade hon fått ut benet innan han svalde det, men eftersom benet var av till hälften så blev hon orolig. Det fanns ju en risk att han hade svalt något i alla fall och därför tog hon med honom till närmsta veterinärklinik"

"Och så fanns det ingen veterinär som kunde ta emot? Nehej" sa Caspar uttråkad.

"Jo, det fanns det" sa Zacharias. "Problemet var att…"

"Nu är jag nämligen pälsallergiker" sa Caspar för att få slut på eländet. "Så det där med djur förstår jag mig inte på"

"…jo, det var bara det att när veterinären skulle öppna munnen på Lou för att se efter hur svalget såg ut så fick han sig ett rejält hugg i handen. Det kom väldigt oväntat för Lou såg så beskedlig ut. Det var vad Amanda sa i alla fall" fortsatte Zacharias. "Och det var då, när veterinären försökte hämta sig från chocken, som han sa att Lou borde visa lite tacksamhet med tanke på veterinär-bristen i landet. Jag tror faktiskt inte att han menade det egentligen, och det sa jag också till Amanda, för stackarn hade tårar i ögonen. Det var säkert bara chocken som talade, för man kan ju inte säga sånt till små hundar som inte vet bättre"

"Är du färdig nu eller?" frågade Caspar syrligt. "Jag har ett viktigt TV-program som jag måste titta på. Det har faktiskt viss betydelse för mitt partis framtid"

"Jag försökte bara småprata lite" svarade Zacharias. "Egentligen ville jag fråga dig rätt ut när fasen du ska ta tag i takreparationen!"

"Jag säger ju att problemet är under utredning" sa Caspar stött.

"Och när blir den klar?"

"Utredningen? I övermorgon skulle jag tro, eller dan efter. Jag står inför valet att lägga om taket helt och hållet eller att byta ut enstaka takpannor. Det är ingen liten investering kan jag lova dig"

"Och var ska jag bo undertiden?"

"Det löser sig. Vi ordnar med nåt när det blir aktuellt. Summa kardemumma, så fixar vi den saken. Man får ta en utmaning i taget. Det är som att springa ett maraton, man får stanna vid en vätskestation i taget, och så får man hålla ett varsamt tempo för att inte ta ut sig i förtid"

"Det *är* aktuellt nu" sa Zacharias "och jag har alldeles tillräckligt med vatten"

"Bra, super. Då säger vi så…" sa Caspar och tryckte på fjärrkontrollen till TV:n.

"Jag varnar dig, Caspar" sa Zacharias irriterat. "Jag tar det här till högre ort om inget händer…"

"Gör du det, då hörs vi lite längre fram" sa Caspar slentrianmässigt och avslutade med ett kortfattat "hej". Han hade tankarna på annat håll. Från TV:n, som var nästan lika stor som väggen, ljöd introt till talkshowen.

*

Assistenten rusade in i Janes loge. Det resulterade i en utskällning så han fick lika fort rusa ut igen. Väl ute i korridoren stannade han upp och rättade till sina stora hörlurar. De rasade ner gång på gång. Han knackade på dörren till Janes loge. Inget svar.

"Vi rullar snart! Jag vill inte stressa men du borde komma ut nu"

Ett hummande ljud hördes från logen och slutligen öppnade Janes sminkös dörren.

"Är ni klara?" frågade assistenten och knackade med pennan mot schemat som han hade i handen. Han hade helst av allt gripit tag i Jane och puttat ut henne på scen. Det var tajt nu. Hon var senare än någonsin. Fortsatte Liam sitt jobb så här skulle han säkert få magsår. Men vem skulle ha förståelse för det? På jobbansökan hade det stått att en stresstålig mage var ett måste.

"Jane?"

"Jag kommer Liam. Jag kommer" svarade hon och reste sig upp från snurrstolen vid spegeln. Hon var i övre trettioårsåldern och folkkär vid det här laget. Jane visste inte riktigt hur det hade gått till. Gällande både åldern och sin stjärnstatus, alltså. Hon hade synts i några dokusåpor där och gjort några modelljobb här.

Tiden gick fort. Plötsligt syntes hon i det populära TV-programmet "Så mycket bättre traktamente" med ett roligt inhopp. Gud vet vad. Och sedan vips! Nu hade hon en egen talkshow och en egen assistent som tycktes ha till uppgift att irritera henne.

'Jaha' tänkte Jane. 'Längre än så här kom jag tydligen inte'

Högt sa hon:

"Flytta på dig då. Hur ska jag komma ut i studion om du står här på tröskeln och hänger?"

"Oj, förlåt!"

Liam flyttade snabbt på sig och knackade åter med pennan i blocket. Jane störde sig outhärdligt på ljudet. Hon stegade iväg före honom in i studion. Vände sig om mot publiken och vinkade med ett stort leende, för att sedan sätta sig i sin läderklädda snurrfåtölj och titta på sina papper. Hon vinkade till sig Liam med en irriterad rynka mellan ögonbrynen.

"Vad är det här? De är ju inte i rätt ordning!"

Liam tittade på plastkorten och suckade inombords.

"De var i rätt ordning förut. Men du har väl plockat runt med dem sen dess"

"Inga spydiga anmärkningar, tack. Rätta till dem då. Med detsamma"

Liam tog korten och ställde sig vid sidan om för att lite diskret återskapa ordningen. Det tog sin lilla tid. Och han riktigt kände hur publiken och kameramännen började hetta till i sin otålighet. Den tysta stämningen var hätsk. Helt klart. Liam hade ett sjätte sinne för sånt. Men det behövde man också ha för att överleva i den här branschen.

"Här" sa han och överräckte plastkorten till Jane. "Vi börjar räkna ner nu"

Han satte på sig hörlurarna och ställde sig bredvid en av kameramännen, höll upp handen och visade sekunderna med fingrarna. En liten röd lampa tändes på den aktuella kameran.

Janes leende var bländande.

"Välkomna ska ni vara till min talkshow! Idag har vi gästerna Everrock, Kenneth Hansson och ingen mindre än byråkraten Emil Jonsson på besök hos oss. Det blir väl trevligt!"

Så jäkla trevligt, tänkte Liam och såg när musikerna i Everrock kom in från backstage. Han hade inte mycket till övers för det där bandet. *Skaffu mig detta, ta hit, ge mig...* Fick de inte med sig något annat från musikskolan? undrade Liam.

"Vad glad jag är att ni ville komma!" sa Jane.

"Tack för vi fick komma!" sa Albert.

"Det har varit en hektisk tid för er. Ni slog igenom ordentligt med er låt *Dance*"

"Aa, absolut. Det har varit fullt ös" svarade trummisen.

"Hur är det att sjunga på engelska? Är det lättare att uttrycka vad man känner på engelska än på svenska?"

"Det är *nice* att sjunga på engelska. Vi får en större publik då. Men visst kan vi tänka oss att sjunga på svenska. Om låten känns rätt"

"Vad handlar låten om? Vad betyder den för er?"

"Massor. Vi kommer ju alltid se den som vår biljett till de stora scenerna. Och den får fler lyssningar för varje dag..."

"Vad är budskapet i texten?"

"För mig handlar den om att vi ska se varandra och lyssna in varandras åsikter" sa Albert oväntat.

'Säkert' tänkte Liam. 'Killen sjunger *Dance* följt av ett tungt instrumentalt sound. Hårt jobb. Mycket text att hålla koll på'

"Och du har mött kärleken under året också, har jag förstått!" sa Jane entusiastiskt.

"Eh, nä" sa Albert förvånat och tillade "det tror jag inte"

"Jo, det tror jag allt" sa Jane med en glimt i ögonen.

"Eh, nä" sa Albert.

"Jo, men ni träffades i samband med din nära-döden upplevelse i... Oj, då" sa Jane och stirrade ner i sina kort.

"Ja, det var visserligen en jordbävning i hyreshuset där jag bor, men..." sa Albert.

Trummisen Axel skakade frenetiskt på huvudet för att signalera att det inte gynnade dem att börja prata om den saken.

Kapitel 21

"Jag ber om ursäkt" sa Jane. "Min assistent verkar ha blandat ihop korten här. Så tokigt!"

Hon skrattade till för att släta över misstaget. I kulisserna höjde en studiomedarbetare upp en skylt med texten "Applåder!" varpå publiken skrattade och applåderade osynkroniserat.

"Vad är det märkligaste som ni har varit med om under den senaste tiden?" frågade Jane i ett försök att vinna tid för att få ordning på korten.

"Det har hänt en del under den senaste tiden, kan man säga" insköt trummisen. "Det betyder ju mycket för ett band att bli upptäckt och få ett sånt genomslag"

"Javisst" sa Jane. "Jag vet inte varför liknelsen slår mig men visst har ni dragit fram, nästan som en jordbävning, med er musik. Jag vaknar varje morgon och inser att jag har er låt på hjärnan"

"Vi ska släppa en ny singel inom kort" sa Albert.

"Åh, underbart. Då blir era fans glada. Vad heter låten och vad handlar den om? Kan ni förmedla dess budskap?"

"Den heter *Swing*" sa Albert "och den handlar om att man ska dansa"

"Trevligt! Dans sägs ju vara så viktigt för folkhälsan" sa Jane.

Publiken visslad och applåderade. Studiomannen, som hade lämnat sin post för att hämta en kopp kaffe, såg sig förvånat omkring.

Jane tittade åter i sina papper.

"Vi ska ta in en kändis till, men på ett helt annat område. Kära publik! Var snäll och välkomna Kenneth Hansson. Riksdagspolitiker och hett omdebatterad på sociala medier"

Studiomannen fick bråttom att höja skylten. Publiken applåderade. Hansson kom upp på scen, klädd i elegant kostym. Han intog fåtöljen mittemot Everrocks bandmedlemmar och rättade till kavajen mot sittdynan.

"Välkommen Kenneth! Innan din tid som riksdagsledamot satt du i Falköpings kommunfullmäktige. I samband med en utbildningsresa till Cannes så stod du som ansvarig för att hålla budgeten. Du är här för att ge din version av vad det egentligen var som hände"

"Jo, låt mig ta det från början. Varje år gjorde vi en resa till Cannes för att gå på viktiga möten och en mässa kring bostadsbyggande. Oerhört viktigt för Falköpings framtida utveckling och konkurrenskraft i en alltmer globaliserad omvärld. Jo, nu har ju det här blivit en nyhetshändelse av det större slaget. Man påstår att nya uppgifter har framkommit om våra resekostnader"

"Precis, det handlar om att ni på ett år hade använt fem miljoner av skattebetalarnas pengar till resan"

"Just det. Och eftersom jag hade ansvar för att godkänna varje politikers kvitton så är det jag som hamnar i blåsväder. Media vill ge mig skulden"

"Men var det inte du som var ansvarig?"

"Inte nödvändigtvis. Jag hade ansvar för att godkänna kvittona, ja, men naturligtvis ville jag tro det bästa om mina kollegor. Jag trodde att de höll sig för goda att beställa champagne och Bouillabaisse på bekostnad av kommuninvånarna. Nu var det ju verkligen så att jag själv var fullt hederlig och kanske något godtrogen. Jag var inte heller särskilt förtjust i de här resorna för egen del..."

"Nej" sa Jane. "Du har berättat det i flera intervjuer"

"...så vad hade jag för val, annat än att godkänna deras kvitton?"

"Men nu har det kommit upp ännu en försvårande omständighet. Enligt en ny mediegranskning stod du själv för flertalet av kvittona" sa Jane.

"Det stämmer inte alls" sa Hansson bestämt.

"Låt mig läsa upp innehållet. Till att börja med *robe bleue* för 900 euro. Vi har fått information om att er fru har burit en ny blå klänning"

"Inte alls. Kan du inte franska? Det där är en garderobsavgift. Något dyr visserligen, men vi befann oss ju trots allt i Cannes"

"Kunde ni inte åkt till Alingsås istället" insköt Albert. "Jag har hört att de har en häftig ljusfestival där"

Studiomedarbetaren lyfte kvickt upp sin skylt igen. Publiken applåderade och skrattade medkännande.

"Verkligen inte" sa Hansson. "Vi var där för att lära oss mer om bostadsbyggnation och utmaningarna inom byggbranschen. Inte för att titta på ljusarrangemang. Det vore ju helt befängt!"

Albert ryckte på axlarna och var just på väg att tillägga något när Jane hastade vidare:

"*L'escargots* för 149 euro"

"Bara några läskedrycker. De kan, som sagt, ta betalt" sa Hansson som om han hade övat in svaren.

"Ni måste förstå" fortsatte han "att här har jag kämpat för att komma in i riksdagen i en herrans massa år och så ska hela mitt goda rykte falla på några räkningar för modeplagg och chokladpraliner"

"Chokladpraliner?"

"Ja, bildligt talat alltså"

"Hur har den här skandalen påverkat dig skulle du säga?" frågade Jane.

"Mycket. Det är en börda att bära med sig. Verkligen. Så fort man gör något, vadsomhelst, så kommer någon som vill prata om en Cannes-nota. Precis som du gör nu. Jag är klar sedan länge med det kapitlet i mitt liv. Nu vill jag och mina väljare se framåt. Till framtiden"

"Du har kommit med ett förslag om att betala tillbaka 20 000 kronor av de här pengarna"

"Ja, visst är det generöst! Ur egen ficka"

"Slår det dig inte som lite i jämförelse med fem miljoner?" frågade Jane.

"Det får nuvarande kommunfullmäktige svara på. Det är inte längre mitt bord"

"Tack för att du ville komma. Kenneth Hansson!"

Publiken applåderade.

"Sist, men inte minst" sa Jane "så vill jag välkomna in byråkraten Emil Jonsson. Det var i december förra året som han skulle sopa bort snö från taket på sin sommarstuga när han plötsligt förlorade fotfästet och föll handlöst. Som tur var landade han i en stor snödriva med armar och ben i behåll. Nu har han kommit hit för att berätta om sin nära-döden upplevelse och hur den blev startskottet till en spirande förälskelse i den frånskilda grannfrun. Undertiden får jag be Everrock att gå iväg och förbereda sig för sitt musiknummer"

Kapitel 22

Zacharias satt i sin lägenhet och tyckte fruktansvärt synd om sig själv. I mobilen följde han grannen Alberts framträdande i Janes talkshow. Inte för att han tyckte intervjun var intressant eller ens särskilt väl utförd, utan snarare för att konstatera att alla andra rönte större framgångar i livet än han själv. Han kände att självförtroendet sjönk i stadig takt.

Det fanns vissa fördelar med att gotta sig i sin egen olycka, insåg Zacharias. Förr eller senare nådde man stadiet då man inte kunde sjunka längre ner i skosulorna och enda vägen framåt var att sträcka på sig och ta tag i sitt liv. Han gjorde detta, men tyvärr vid det sluttande taket i lägenheten, vilket resulterade i en jobbig huvudvärk. Det var hög tid att försöka tänka lösningsorienterat och han gjorde en ansträngning, huvudvärken till trots.

'Jag hittade ju ett hundhalsband i parken häromdagen. Om jag skulle ta med det till Amandas lägenhet, knacka på och fråga om det är Lous. När det sedan visar sig att det inte är Lous (för det kan det omöjligt vara, snarare en rottweilers) så har jag ju småpratat tillräckligt länge för att fråga om jag får komma in på en kopp kaffe på grund av situationen i min lägenhet...'

Zacharias hindrade sig själv.

'Nej, nej. Det är att vara påflugen' tänkte han.

Så slog det honom plötsligt att Elaine hade varit bortrest en tid. Det var inget som talade för att hon var på hemväg i nuläget, så varför inte flytta in i hennes lägenhet tillfälligt?

Han hade förstått att dörren stod olåst eftersom Maja, Bengt, Everrock och Amanda hade kommit och gått där utan att låsa efter sig.

Elaines nyckel var tydligen på villovägar.

Zacharias samlade ihop sina saker i en ryggsäck och lämnade den droppande vindslägenheten. Agerandet var förhoppningsvis ett bra påtryckningsmedel gentemot Caspar Richardsson.

'Jag har flyttat ut och betalar ingen hyra förrän taket är fixat' kunde han säga.

Zacharias skulle gärna ha tagit in på ett enklare hotell om det inte vore för att månadens studiebidrag var slut. Då fick man hitta kreativa lösningar.

*

Elaine sov fantastiskt. Över de vita vidderna svepte kalla moln av snö och is förbi. Samtidigt, på ena klippsidan, började toppmössorna på några bergsbestigare att synliggöras över snötäcket. De rörde sig sakta uppåt och snart hade även deras väl tilltagna jackor kommit inom synhåll. Vinden ven och ovanför höjderna skymtade solen som en dimrad LED-lampa. Bergsbestigarna ansträngde sig till sitt yttersta. Deras ishackor, och repet som höll dem fästa vid varandra, hamnade i blickfånget. Pust. En ansträngning till. Nu blev också stövelskaften på deras kängor synliga. Men Elaine såg ingenting. Hon sov fortfarande i godan ro i sin fällstol. En kort man som gick först i bergsbestigarledet hostade till.

"Har du blivit förkyld Bradley?" frågade den andra mannen, som var längre än den första, och som hette Arthur.

"Det hör till" sa Bradley. "Man kan inte gå i berg utan att dra på sig en viss grad av förkylning"

"Hur gör vi med distanseringen för att förhindra smittspridning?" frågade Arthur. "Det här rekordförsöket är dömt att misslyckas om vi blir förkylda bägge två"

"Vi har ju repet emellan oss" sa Bradley. "Håller vi bara på det avståndet så ska det säkert gå bra"

"Du, det är någon där. Ser du? I den där vilstolen där borta" sa Arthur och kisade mellan snöflingorna som täckte hans ögonbryn.

"Det har du rätt i" sa Bradley och tillsammans tog de några trevande steg närmare tältplatsen som Elaine hade byggt upp.

"Du! Du!" sa Arthur och petade Elaine på axeln. Elaine vaknade till med ett ryck.

"Man ska inte somna i vinterklimat av det här slaget" sa Bradley och harklade sig utan att få bort hesheten i sin röst. "Det är ju, för tusan, minus tjugoåtta grader"

"Varför ska alla alltid störa mig?" frågade Elaine högt. "Vad vill ni mig? Jag sover väl här om jag vill"

"Är du också från Storbritannien? Din engelska är förträfflig" sa Arthur. "För att inte tala om att du har en fin mössa i de brittiska färgerna"

"Den påminner mig om min borttappade" sa Bradley. "Jag försökte hitta en likadan i alperna under vår höjdträning, men det var som omöjligt. Min teori är att det beror på Brexit. Allt som har med resande och shopping att göra har försvårats sedan dess"

"Du kan väl inte räkna med att de ska sälja toppluvor i de brittiska färgerna i Italien" sa Arthur. "Jag skulle snarare säga att allt har blivit bättre sen Brexit"

"Allt?" utbrast Bradley. "Ja, om högre priser innebär en förbättring enligt dig så har du troligtvis rätt"

"De högre priserna beror väl inte på Brexit, din dumbom! Självfallet beror de på omvärldsläget och att det kostade så jädrans mycket att gå ur EU"

"Varför gjorde vi det då?" frågade Bradley och sköt fram hakan. "Jo, jag ska säga dig varför vi gjorde det. Vi gjorde det för att en inhemskt producerad kålrot skulle kosta 2 pund istället för 1 pund"

"Har du överhuvudtaget varit i en affär och handlat?" frågade Arthur. "En kålrot kostar inte 2 pund, och om den gör det så är det snarare för att den är inhemskt producerat enligt regler för ekologiskt jordbruk som EU har propsat på"

"Jag handlar oftare än dig, din stropp" sa Bradley. "Förresten tycks allting vara EU:s fel i din värld"

"Och allting verkar vara Brexits fel i din" sa Arthur och hötte med näven mot sin bergsbestigarkollega.

"Vem var det som svor över att vi knappt fick inresetillstånd för att bestiga berg på grund av nya passregler?" kontrade Bradley och hostade till.

"Det var ju du"

"Det var det kanske, men du beklagade dig minst lika mycket"

"Jag önskar att vi aldrig hade fått det där förbaskade inresetillståndet. Då hade jag sluppit dig!"

"Och jag önskar att du hade fått inresetillståndet i-
stället för mig. Då hade jag suttit framför en varm brasa
med min rinnande näsa medan du hade frusit här uppe
på egen hand"

"Repet!" utbrast Arthur. "Kom inte för nära mig, för
guds skull"

Bradley backade tillbaka och råkade samtidigt kasta
en blick på Elaine i sin fällstol.

"Hon har somnat igen! Fara och färde, hon riskerar
förfrysningsskador"

"Du! Du!" upprepade Arthur och petade Elaine på
axeln. "Vi har inte tid att stå här och prata med dig. Vi
måste slå upp vårt tält nu"

"Gör ni det, istället för att störa mig" sa Elaine.

"Vi är här för att slå världsrekord" sa Bradley och
sträckte stolt på sig.

"Jaha" sa Elaine. "Måste ni göra det på just den här
bergstoppen?"

"Vi har planerat för det här i ett halvår. Vi kan inte
ändra våra planer nu. Du förstår, rekordförsöket går ut
på att stanna här uppe under så lång tid som möjligt. Vi
har siktet inställt på tre månader. Nästa del av rekord-
försöket är att ta sig tillbaka nerför berget snabbare än
vad någon annan i historien någonsin har gjort tidigare"

"Och varför ska ni göra det?" frågade Elaine och
suckade djupt.

"Men det är väl självklart!? För att ingen annan någon-
sin, i historien, har gjort det tidigare"

"Hur kan ni veta det? Någon romare kanske tog sig
en utflykt hit före vår tideräkning"

"Ah" sa Bradley. "Det är förstås möjligt, men du bort-
ser från en viktig sak. Då hade han naturligtvis skrivit

ner sina erfarenheter till eftervärlden och vi hade känt till det"

"Han kunde kanske inte skriva, eller så var han ytterst blygsam av sig och ville inte skryta om sin bedrift, eller så rasade han in i en bergsget på vägen ner och dog, eller så skrev han ner sin berättelse på papyrus men en bergsget var hungrig och pengarna slut"

"Måste alla teorier inkludera en bergsget?" frågade Arthur medan han stod med tältpinnarna och försökte sammanfoga dem till någon slags helhet.

"Det där har med Brexit att göra" sa Bradley. "Ingen intresserar sig för en engelsmans rekordförsök längre. *Vad har vi för nytta av det?* frågar sig européerna. *De får väl hålla på med sina tokerier*"

"Det har ingenting med Brexit att göra" sa Arthur. "Vi ska vara glada att vi slipper kontinentens stora intresse för getter och haloumi. Precis som att äta gummi, det finns ingenting som talar för att det ens är ätbart"

"Vad har du emot haloumi?" frågade Bradley och höjde ett varningens pekfinger mot Arthur. "Jag tycker händelsevis om haloumi"

"Det gör du inte alls"

"Jo, det gör jag"

"Förra månaden, under vår höjdträning i Grekland, så sa du att det var den sämsta uppfinningen i mannaminne"

"Det sa jag kanske. Men jag menade det inte"

"Vad menade du då?"

"Jag skämtade. Det borde väl till och med du förstå"

"Jag förstod det inte"

"Nej, och montera tältet klarade du inte heller"

"Nu börjar jag få nog av dina pikar. Montera det själv om du är så duktig då! Men jag skulle säga att det är ett typiskt EU-tillverkat skräptält som lär falla ihop när-somhelst"

"Made in England, står det ju" sa Bradley otåligt.

"Det gör det kanske" sa Arthur. "Men det betyder inte att de inte kunde ha skickat med en instruktionsbok"

Elaine slog ut med armarna och ställde sig upp.

Bergsbestigarna tittade förvånat på henne.

"Ni kan få låna mitt tält på villkor att ni håller tyst. Det är uppvärmt och allt" sa hon och gestikulerade i riktning mot det kupolliknande tältet.

"Uppvärmt? Vad menar du, som en bastu?" frågade Bradley med hes röst. Elaine bara nickade.

"Nej, men det går ju inte" sa Arthur.

"Nej" instämde Bradley. "Vi kan inte sitta i ett upp-värmt tält i tre månader. Det här är ett rekordförsök av den svårare graden. Man måste frysa, hoppas, förtvivla, kämpa, misströsta och lida. Vi kan inte bara sitta i ett uppvärmt tält och dricka te i tre månader"

"Gör inte det då" sa Elaine. "Men tänk åtminstone på mig. Jag är utbränd och behöver lugn och ro. Ni kan inte pladdra på om Brexit i tre månader"

"Vi kan prata om något annat. Jag tänkte diskutera situationen i parlamentet till exempel. Det skulle vara högst intressant att höra Arthurs inställning till vår nya premiärminister"

"Nej!" röt Elaine. "Ni ska inte prata om någonting"

"Inte politik. Så det intresserar dig inte?"

"Ingenting intresserar mig" sa Elaine och återvände till sin fällstol.

"Men något samtalsämne måste väl intressera dig?"
frågade Arthur. "Annars får jag intrycket av att du har
hamnat i en depression, och det är inte alls nyttigt"

"Hon är nog bara trött efter bergsbestigningen" sa
Bradley. "Annars får vi ringa efter en psykolog"

"Jag behöver ingen psykolog" sa Elaine från vilstolen.
"Och ni intresserar mig inte heller. Så ta och slå upp ert
tält om ni önskar, stig in i det och stäng om er så att jag
slipper höra er"

Bradley och Arthur återgick modstulet till sitt tält och
försökte montera ihop det.

"Varför övade vi inte på det här när vi höll på med
höjdträningen?" undrade Bradley.

"För att vi kom överens om att vi skulle skippa den
biten. Höjden var det viktigaste, sa vi"

"Idiotiskt" sa Bradley. "Hur tänkte vi?"

*

När Elaine vaknade några timmar senare var de två
bergbestigarna borta. Tältpinnarna låg kringströdda
över snötäcket och påminde om deras tidigare närvaro.
Elaine hade rejäla vinterkläder men nu kände hon sig
lätt frusen. Hon såg sig omkring och upptäckte att bergs-
bestigarnas tältduk hade dragits med av vinden och
fastnat i en bergsskreva några hundratal meter bort. Den
vajade som en flagga. När hon drog upp dragkedjan till
sitt eget tält och kröp in, fick hon omedelbart en tekanna
intill ansiktet.

"Passar det med lite te?" frågade Arthur.

"Vi satt just och talade om den senaste räntehöjning-
en" sa Bradley. "Är du intresserad av den?"

"Nej" sa Elaine. "Men jag kan ta en kopp te"

"Inga lån kan jag tänka mig" sa Bradley. "Då behöver man inte oroa sig. Eller så gör man som Arthur. Han har inga lån men han oroar sig ändå. Jag, däremot, har lån men jag väljer att inte oroa mig för den sakens skull"

Kapitel 23

Amanda strövade runt i professor Miltons lägenhet i jakt
på en vattenkanna. Hon var ganska uppslukad av sina
egna grubblerier och märkte inte av Alberts närvaro för-
rän hon gick rakt in i honom.

"Åh, herregud. Ursäkta mig!" utbrast hon och tog ett
skutt tillbaka av ren överraskning.

"Ah" sa Albert konstaterande. "Jag kom bara för att
låna…"

Han tystnade och såg sig lite omkring.

"Du har inte sett Axel förresten?"

Amanda hade inte sett till trummisen och det sa hon
också. I samma stund hördes steg från hallen och snart
blev Zacharias synlig i vardagsrummet.

"Oj!" utbrast han när han fick se de andra.

En något obekväm tystnad följde. Amanda tyckte sig
höra sin egen mage kurra.

"Förresten" sa hon. "Jag såg ett par trumpinnar på
byrån bredvid Megafonen"

Där låg mycket riktigt ett par trumpinnar. Det kunde
Albert hastigt konstatera.

"Vi är på väg att lansera vår nya låt" sa han sakligt.

"Med hjälp av Megafonen?"

"Eh nja, kanske det" sa Albert. Amandas fråga hade
kommit något oväntat och han höjde rösten till svar:

"Ja, det ska vi faktiskt! Och kom inte här och säg att det är att ta den enkla vägen till framgång och berömmelse! Vi har kämpat på ett bra tag utan att det har lyft. Har vi inte rätt att passa på när en sån här uppfinning kommer i vår väg, eller?"

"Jo…, jovisst" stammade Amanda och tillade:

"Jag menade inte att kritisera. Det är bara så att Elaine har liksom sagt att ingen får använda sig av Megafonen när hon inte är hemma. Och jag vet inte när hon kommer tillbaka igen"

"Jaha, men det gör inget" sa Albert. "Vad jag kan se så har Axel redan varit här och lanserat den nya låten"

"Så det är vad ni använder Megafonen till?" utbrast Zacharias. "Nu börjar saker och ting klarna. Den sänder alltså ut ljudfrekvenser?"

"*Yes*, du kan placera ljudet var du vill också. Vill vi spela vår låt i en galleria, till exempel, så ställer vi bara in den platsens koordinater. Som en GPS ungefär"

"Vilken uppfinning!" utbrast Zacharias förundrat. "Den kan ju förändra världen och allt ni gör är att använda den för egen vinning"

"Jag visste att det skulle komma invändningar" sa Albert irriterat. "Det är därför som vi har hållit det hemligt"

"Jag tänker i alla fall stänga av den, här och nu! Om Amanda säger att Elaine har förbjudit all användning av Megafonen så gör vi bäst i att lyssna på henne"

"Amanda eller Elaine?" frågade Albert. "Nej hör här nu. Vad spelar det för roll om vi använder den när Elaine är bortrest? Är du rädd för att den ska explodera eller nåt?"

"Det är nog vad jag är rädd för" sa Amanda tyst.

"Försök att stoppa mig!" sa Zacharias. Han befann sig, för tillfället, på kollisionskurs med allt och alla. Den som har svårt att tänka sig in i ett sådant sinnestillstånd kan testa att gå omkring i gummistövlar i sin bostad i ett antal veckor i sträck. Det verkar synnerligen gynnsamt för en "jag mot världen" inställning.

Innan Albert hann brotta ner honom hade Zacharias gått fram till Megafonen och börjat mixtra med dess skärminställningar. Han letade efter stopp-knappen och i samma ögonblick som han fick syn på en röd knapp, tryckte han på den.

Poff lät det och en klar blixt lyste upp rummet så att både Amanda och Albert bländades av det skarpa ljuset. Ett rökmoln som märkligt nog doftade av pepparmint spred sig i rummet. Amanda kippade efter andan. Hon hade svårt för den typen av tuggummidoft och det påminde henne starkt om kollegan Rebeckas smackande läten på jobbet. Bredvid Amanda stod Albert och gnuggade sig frenetiskt i ögonen. När de slutligen hade återfått synförmågan såg de att rökmolnet med pepparmint så sakta började lägga sig.

Zacharias ryggsäck stod kvar i hallen, men ingenstans fanns ett spår av dess ägare.

"Vad fruktansvärt!" utbrast Amanda och snyftade högljutt. "Tänk om han har pulvriserats!"

"I såna fall har nog Elaine och Axel gått samma öde till mötes" sa Albert betänksamt. "Men se det från den ljusa sidan, vi är i alla fall inte pulver. Nej, skämt å sido, tror du inte att det är mer troligt att han har, ja, farit iväg precis som ljudfrekvenserna"

"Du menar…, att han har blivit teleporterad?" frågade
Amanda och såg på Albert med stora ögon.

"Jag vet inte. Men det är ju sånt som händer på film"
sa Albert. "Och jag föredrar att tro på den teorin framför
din"

Kapitel 24

Hemma hos Bengt stod TV:n på och surrade hemtrevligt i bakgrunden. Bengt stod vid spisen och lagade vegetariska köttbullar efter sin långa arbetsdag. Pingo satt på gardinstången och käkade på en hirskolv. Papegojans middagsstund blev till ett moln av fröskal som dalade ner över Bengts matlagning. Kocken hade fullt sjå med att hålla stekpannan fri från kornen. Från vardagsrummet och TV:n hördes plötsligt: *"En märklig händelse har inträffat under president Grumpys resa till Göteborg och klimattoppmötet..."*

Bengt var direkt idel öra och skyndade ut i vardagsrummet med stekpannan i handen. Han satte sig tillrätta i den vita soffan som nu var övertäckt av en grå pläd för att dölja kaffe- och chokladfläckarna.

Han möttes av trummisen Axel och dennes förvirrade uppsyn i TV-rutan. Bandmedlemmen ledsagades iväg från en svart bil av flera säkerhetsvakter som alla var iklädda solglasögon. Nyhetsuppläsaren fortsatte:

"En bandmedlem från den rikskända musikgruppen Everrock har idag blivit arresterad efter att han tagit sig in i president Grumpys bil. Det var just efter att presidentplanet hade ankommit flygplatsen som bandmedlemmen upptäcktes i passagerarsätet till bilen som skulle ta presidenten till Svenska Mässan"

Bengt gjorde stora ögon. Tankarna virvlade runt i hans huvud i likhet med Pingos fröskal.

Nyhetsrapporteringen fortsatte med en reporter på plats vid Landvetters flygplats. Han hade ställt sig precis vid bagageincheckningen vilket innebar att han förflyttades i takt med folkhavet.

"Ja, dessa bilder togs alltså för någon timma sedan. Den unge mannen har identifierats som trummis i bandet Everrock. Händelsen ger förstås upphov till en strid ström av frågor. Hur lyckades han ta sig förbi säkerhetsvakterna och vidare in i bilen? Vad var hans syfte och mål med att göra detta? Tyder detta på bristande säkerhet i anslutning till toppmötet? Vi står här med många frågor som söker svar"

Reportern i studion frågade:

"Och hur har det här påverkat presidentens schema för dagen?"

Reportern i trängseln på Landvetter svarade:

"Det har verkligen haft en stor inverkan på presidenten och hans stab. Man talar om stora förseningar och att presidentens tal kommer att skjutas fram. Hur många timmar går ännu inte att säga. Först måste presidentens säkerhet säkras och sedan kommer man göra en ny bedömning"

Reportern i studion frågade:

"Och hur har människor reagerat? Vad tänker man om bandet Everrock som ju nästan har blivit folkkärt vid det här laget?"

Reportern förflyttades till vänster i bild av en stressad samling resenärer som ville ansluta sig till kön till incheckningen.

"Jag har, här bredvid mig, Vilgot Axelsson... eh, Vilgot? Nu verkar det olyckligtvis som att vi har tappat bort Vilgot, men här har vi kanske en som vill utbyta några ord med oss?"

En ung man nickade glatt till reportern.

"Jaha. Och vad heter du?"

"Axel Svensson"

"Jaha, Axel. Nu ska vi poängtera att det här inte är samma Axel som den i inslaget. Vad var din reaktion när du hörde att trummisen i Everrock står anklagad för att ha tagit sig in i president Grumpys bil?"

"Jag tänkte framför allt att han borde ha tagit med sig trumpinnarna"

"Jaså? Varför det?"

"Det skulle ha inneburit fantastiska möjligheter. Antingen kunde han ha spelat in en musikvideo som hade fått miljoner följare eller, och jag kan säga att jag föredrar det här alternativet, eller så kunde han ha trummat lite försiktigt på Grumpys hjässa. Jag tänker liksom bara för att se efter om det verkligen ekar så ihåligt där som man kan tro"

"Jaha" sa reportern besvärat.

Han vände sig till studion och fortsatte:

"Som ni märker så har folk häromkring åtminstone sin humor i behåll. Det verkar finnas många inbitna Everrock-fans"

"Vad säger du!" hördes ynglingen Axels irriterade stämma i bakgrunden. "Jag är för tusan inget Everrock-fan. Kom inte och säg det på nyheterna inför tusentals tittare"

"Jaha" sa reportern, nu ännu mer besvärad. "Vi kan sammanfatta att det finns många Everrock-fans därute, men att det här inte är en av dem"

I studion hade man nu tagit in en expert inom Amerika-studier och en politiker som verkade ta alla tillfällen i akt att synas i TV. Det var ingen mindre än riksdagsleda-moten Kenneth Hansson.

"Mmm" började journalisten i studion efter att ha väl-komnat in de professionella tyckarna.

"Hur påverkar det här innehållet i klimattoppmötet?"

"Inte alls, på något vis" sa experten. "Det här har inget med själva mötet att göra"

"Men nog måste det ha en inverkan på säkerhets-tänket kring mötet?" frågade intervjuaren.

"Till viss del. Det är mycket riktigt att det påverkar. Vi vet bara inte hur mycket och till vilken grad. En hel del talar för att det här kommer att kasta om spelplanen, samt tärningarna på den, men det är för tidigt att säga något alls om det faktiskt"

"Och du, Kevin Hansson, som just har hamnat i het-luften kring några felaktiga kvitton från Cannes. Hur påverkar det här förtroendet för bandet Everrock?"

"Säg så här: vi vet att det påverkar. Jag har själv erfar-enhet av hur såna här saker kan förstoras upp. Vi talar om ett enkelt missförstånd, enligt min mening, och jag vill tro det bästa om folk. Precis som jag hoppas att andra vill tro det bästa om mig, vill jag alltså tro det bästa om folk. Mycket talar för att den här bandmedlem-men bara ville ha en autograf av den kände Grumpy. Fullt naturligt"

"Mmm" sa intervjuaren och vände sig till experten. "Hur har reaktionerna varit i USA?"

"Ja, nu vet jag inte om jag är den rätte att svara på det. Jag har inte varit i USA på flera år, men om man ska tro mediebyråerna så ska man inte alls tro på det här. Om man nu inte läser de mer trovärdiga medierna som självfallet absolut säger att man ska tro på det, vill säga"

"Ja, men nu har ju detta verkligen hänt" sa reportern i studion. "Fruktar man för presidentens säkerhet där?"

"Mycket riktigt" sa experten. "Det gör man verkligen, om man är av den uppfattningen att det här har hänt, då är man sannerligen oroad. Eller snarare, är man oroad över presidenten i allmänhet, ja, då är man kanske inte oroad alls. Sedan finns förstås de som tycker att det inte låter så farligt med en rocktrummis, men det får stå för dem"

Hemma hos Bengt stod soffan tom framför den ljudande TV:n. Bengt hade hastat iväg till Elaines lägenhet för att kasta ett öga på Megafonen. Han hade inte släppt taget om stekpannan med de vegetariska köttbullarna när han mötte Amanda och Albert i Elaines lägenhet.

"Vad är det egentligen som pågår?" frågade han med skarp stämma när han såg Amandas modstulna ansiktsuttryck.

"Det är så hemskt" sa Amanda. "Det verkar som om både Axel och Zacharias har teleporterats iväg av den här mackapären. Det värsta är att vi inte har en aning om var de har hamnat, eller om de ens är i livet"

"Oroa er inte" sa Bengt som inte var det minsta förvånad över Megafonens alla egenheter. "Axel är i klammer med rättvisan men annars vid god hälsa"

Han berättade om vad som hade framkommit i nyhetssändningen. Albert var inte glad.

"Så gick det alltså med vår karriär" konstaterade han. "Upp som en fjäder och ner som en pannkaka. Vad hade han förresten i Grumpys bil att göra?"

"Han blev väl högfärdig" sa Bengt och fortsatte:

"Det lockade säkert att skaffa sig ett internationellt kändisskap genom att låta USA:s president höra er senaste låt i bilradion"

"Idiotiskt" sa Albert.

"Det må vara" sa Bengt. "Men tänk på att Axel, i detta nu, sitter i händerna på både svensk och amerikansk polis. Kanske till och med representanter från underrättelsetjänsten"

"Det är sant! Vi måste rädda honom" sa Amanda.

"Det är precis vad vi ska göra. Låt mig sätta mig tillrätta här vid Megafonen. Så! Och nu antar jag att vi, på något sätt, måste vända på funktionen och teleportera er trumslagare hit igen"

"Elaine pratade om att bygga vidare på Megafonen" sa Amanda. "Tänk om det var det här hon menade? Att sända materia istället för ljudfrekvenser"

"Just så" sa Bengt sakligt. "Och jag har använt Megafonen vid ett flertal tillfällen. Om jag så bara gör som jag brukar när jag vill sända ljud till hörlurarna. Titta här, vilket intressant tillägg!"

Albert och Amanda böjde sig fram och studerade en prick som rörde sig på Megafonens stora skärm.

"Det där, om jag inte misstar mig" sa Bengt "är Axel i egen hög person"

"Vi får hoppas det" sa Albert. "Om det där är hans koordinater så blir det jädrans mycket enklare att få hem honom"

"Vi gör ett försök" sa Bengt.

"Alla! Ta skydd, jag trycker på knappen... Nu!"

Albert kastade sig undan och lyckades dra med sig Amanda. Det kunde tyckas vara en hjältemodig handling, men han hade egentligen bara trasslat in sig med skinnjackans dragkedja i hennes kofta. Bengt försvann i riktning mot köket som ett skott. Varför han ansåg att det var säkrare där än någon annanstans var lite oklart.

Poff

En klar blixt lyste upp rummet.

Poff

Ytterligare ett ljussken bländade Amanda och Albert. Bengt hade verkligen resonerat rätt om köket.

"Två Poff?" utbrast Amanda frågande.

"Och två blixtar" fyllde Albert i.

"Det måste betyda..." sa Amanda hoppfullt och viftade bort pepparmintsröken så gott hon kunde. Hon kippade efter andan.

"Axel? Zacharias!"

I en hög på golvet skymtade konturerna av två personer. Den ena tog sig snabbt upp och såg sig omkring som om ett mirakel just hade inträffat.

"Otroligt!" utropade trummisen Axel. "Snabbt! Ta ett kort på mig eller varför inte..., ja det är bättre. Ta fram mobilen och gör en livesändning. Snabbt, snabbt! Jag måste dementera att det var jag som satt i bilen"

Albert var med på noterna och de drog sig undan till Elaines soffhörna för att spela in Axels vittnesmål.

"I detta nu befinner jag mig i Falköping tillsammans med Everrocks sångare Albert. Vi har hållit på och spelat in en ny låt och jag ställer mig mycket frågande till om det verkligen var jag i den där bilen. Helt omöjligt, eller hur Albert?"

"*Yes*, verkligen" instämde Albert och fortsatte:

"Han har varit här hela tiden. Det skulle ju innebära att någon kan ta sig mellan Göteborg och Falköping på ett ögonblick. Fullständigt omöjligt!"

"Nu ska vi gå ut och promenera runt i Falköping för att verkligen bevisa att jag är här" sa Axel och tittade uppfordrande på Albert. "Jag kommer också att visa er mitt körkort och mitt pass för att förtydliga att jag är jag. Det här kommer bli en lång livesändning, men det beror ju på omständigheterna"

Samtidigt hade Amanda fått insikt om att Zacharias fortfarande inte var återfunnen.

På golvet bredvid Megafonen låg den andra resenären kvar. Det röda håret var i en trasslig röra.

Elaine snurrade sakta runt så att hon blev liggande på rygg och blickade upp i taket. Hon suckade djupt och verkade inte medveten om de andras närvaro.

"Elaine" sa Amanda. "Vad bra att du är tillbaka! Vi behöver hjälp med att hitta Zacharias"

Elaine sa ingenting. En djup rynka formades mellan hennes ögonbryn och hon höjde händerna till öronen.

"Inget mer prat" bad hon.

Bengt kom ut från Elaines kök med en kakburk under armen.

"Du vet inte vad du har ställt till Elaine" sa han mellan tuggorna av en krispig kaka. Han granskade grannen lite osäkert. Det var högst troligt att Elaine skulle fara upp och anklaga honom för att ha mixtrat med Megafonen igen. Men Elaine, som alltid verkade full av energi, tog sig istället mödosamt upp och hasade sig iväg till soffan. Hon lade sig ner och fortsatte att se upp i taket. Amanda kunde snart, efter att ha rört vid Elaines panna och hand, konstatera att hon var både nedkyld och hade feber på en och samma gång.

"Hon verkar helt ha tappat gnistan" sa Amanda bekymrat.

"Minsann" sa Bengt. "Om du inte har rätt ändå. Jag har inte sett henne sån här förut och inte ett ord säger hon heller"

Amanda hämtade en filt och stoppade om professor Elaine. Under tiden gick Bengt tillbaka till Megafonen för att försöka lokalisera Zacharias. Amanda hörde ett intensivt smaskande på kakor och sedan:

"För tusan! Nu har vi problem"

Han kom skyndande tillbaka till soffgruppen och fortsatte:

"Megafonen är trasig!"

Så kastade han ett öga på Elaine som fortfarande låg och såg håglöst upp i taket.

"Tror du att Elaine kan?"

Amanda skakade intensivt på huvudet.

"Som du sa: vi har problem. Elaine är också trasig" svarade hon och undrade om de någonsin skulle få se Zacharias igen.

Kapitel 25

Bengt hämtade sin mobiltelefon och rattade in 'Klassisk stund – vilken stund som helst' i P2. I väntan på att den lugna musiken skulle göra inverkan på Elaines sköra nerver, blev han och Amanda sittande i soffgruppen.

Efter en stund var Albert tillbaka.

"Jag fick nog av Axels säkerhetstänk" sa han. "Nu har vi tagit gruppfoto med alla bandmedlemmar, sänt live från Falköpings torg och besökt kommunhuset för att försäkra oss om klockslaget. Vi sprang in i Caspar, vilket var en faslig tur egentligen, och han kunde identifiera Axel som Axel. Högst motvilligt förresten, för han skulle vidare på ett viktigt möte, men ändå"

"Tyvärr är Elaine fortfarande inte anträffbar" suckade Amanda och såg på grannen som låg på soffan och oavvänt tittade upp i taket.

Bzzz

"Vad är det där för ljud?" frågade Albert. Han följde surrandet längs med ena väggen tills han kom in i köket.

Bzzzz

Ljudet kom från ett av skåpen. Albert gick försiktigt fram och öppnade det. Kanske var han rädd för att ännu en av Elaines uppfinningar skulle hoppa ut och överraska honom.

Inne i skafferiet stod kaffeburken och skakade i takt med ljudet.

BZZZ

Albert tog med sig plåtburken ut i vardagsrummet.

"Kan det vara ett bi eller nåt?" frågade han retoriskt och tog av locket. Bland kaffepulvret låg Elaines smartphone och vibrerade i tyst läge.

"Men för sjutton! Varför lägger du mobilen i kaffeburken?" sa han och insåg sedan att Elaine inte alls var mottaglig för en konversation.

Som ett svar på hans fråga slutade mobilen att ringa och blev alldeles stilla.

"Vem var det som ringde?" frågade Amanda ganska ointresserat och gäspade till de klassiska tonerna från radion.

"Ingen aning" sa Albert. "Jag måste först få bort det jädrans kaffepulvret från skärmen. Fattar du varför man lämnar mobilen hemma om man ska ut och resa? Och vad är det då för mening med att ställa den på ljudlöst om man ändå inte hör den?"

"Jag vet inte" sa Amanda och skakade på huvudet.

"Jag tror att vi får ha förståelse för att Elaine har varit lite ur balans på sistone"

"Det är din teori och får stå för dig" sa Albert. "Jag tror snarare att hon är sån. Alla dar i veckan"

"Oj, tusan" tillade han när mobilskärmen lyste upp.

"Någon har ringt. Jag ska se efter vem det var"

Bengt kastade en bestämd blick på Everrocks sångare och sa:

"Klart att nån har ringt. Vi hörde ju att det ringde även om det inte hördes"

"Zacharias" sa Albert korthugget.

"Ja, det vore faktiskt en god idé om han ville ringa" sa Bengt.

”Nej, jag menar det” sa Albert. ”Zacharias har ringt”

”Men…, då måste vi ju kunna ringa upp honom igen!” utbrast Amanda och for upp från sin plats vid Elaines sida. ”Vilken tur att han fick med sig mobilen!”

På detta följde en spänd väntan på att Zacharias skulle svara. Albert höll i smartphonen, Bengt lyssnade och Amanda stod nära för att höra bättre.

Elaine gjorde ingenting.

*

”Men det är ju fruktansvärt!” utbrast Amanda.

Hon vände sig till Albert som nickade till svar, men något i hans blick fick Amanda att tro att han snarare fann situationen fascinerande än skräckinjagande.

”Visst är det?” insisterade Amanda.

”Jovars” sa Albert.

Han återgick intresserat till samtalet på mobilen.

”Men hur tusan kunde du hamna vid en fyr? Ställde du in GPS:en på en holme nånstans, eller?”

”Jag vet inte!” hördes Zacharias från smartphonen.

”Jag ville bara stänga av den där förpestade maskinen! Det blev fel. Jag erkänner mitt misstag. Är du nöjd nu?”

”Det är alltid bra att erkänna sina misstag” sa Albert. ”Nu har vi något att utgå ifrån. En fyr, alltså. Hur ser den ut?”

”Hur den ser ut?”

Zacharias tog några steg ut på klippan och betraktade fyren som tornade upp sig framför honom.

”Den är vit. Vitkalkad, närmare bestämt. Och med ett svart fyrtorn. Usch, vad kallt här är”

Amanda hade startat högtalaren på Elaines mobil och hon lyssnade med andan i halsen. De kunde höra ljudet från den starka vinden och någonstans i fjärran ljöd vågornas brus när havsvattnet kastades fram över klipphällarna.

"Mhm" sa Albert fundersamt.

Han såg ut att vara i djup koncentration över uppgiften att bestämma Zacharias lokalisering.

"Säg mig" fortsatte han "hur ser din närmaste omgivning ut?"

"Min omgivning? Vad menar du? Jag står på en kobbe, eller holme, eller skär, eller vad det nu heter och ser ut över ett hav så lång ögat kan nå!"

Amanda stod inte ut längre. Hon greppade mobilen och sa:

"Håll ut, Zacharias, jag lovar att vi ska göra allt vi kan för att hitta dig! Försök att hålla dig lugn och inte drabbas av panik. Gå in i fyren och sök skydd där. Tror du att du kan hitta mat och vatten där inne?"

"Jag tror att jag såg en brunn här i närheten. Jag ska se efter. Så länge jag har sötvatten ska jag nog kunna klara mig ett tag. Men Amanda?"

"Ja?"

"Glöm inte bort mig"

"Aldrig!" sa Amanda bestämt och i samma ögonblick bröts samtalet. Hon vände sig till Albert.

"Åh herregud! Vad ska vi göra?"

"Jag vet i alla fall vad vi inte ska göra" sa Albert krasst. "Vi undviker att göra det här till en melodramatisk såpopera, så ska det nog lösa sig av sig självt till slut"

Amanda tystnade. Hon kunde inte låta bli att tänka att han var ovanligt känslokall. Albert, å sin sida, upplevde starkare känslor än vad han hade gjort på ett bra tag. Det slog honom nämligen med stor överraskning att han var avundsjuk på Zacharias. Läsaren får själv avgöra anledningen därtill, för författaren vet då rakt inte vad som var så avundsvärt med att vara fast ute till havs vid en öde fyr.

Albert infall av avundsjuka varade dock inte så länge. Zacharias plan, att klara sig på enbart sötvatten i ett par dagar, verkade högst orealistisk i Alberts öron och som en konsekvens kände han sig plötsligt ganska hungrig. Eftersom det var svårt att känna avund och hunger samtidigt, valde Albert det senare alternativet och började leta efter något ätbart i Elaines kylskåp. Amanda, å sin sida, rörde sig inte ur fläcken. Hon blev stående och funderade intensivt. När Albert erbjöd henne en macka med ost och kaviar avböjde hon vänligt men bestämt. Istället gick hon och tog sig ett glas vatten.

Kapitel 26

Det var en fantastiskt fin sensommardag. Solen sken över Falköpings torg och invånare. Claes-Åke vandrade omkring i centrum med några matkassar i händerna. Han tog vägen hem genom parken. Ovanför hans huvud var himlen klarblå och fri från moln. På Claes-Åkes personliga himmel fanns inte heller några moln. Han njöt av känslan att vara fri från bekymmer och problem. Elaine verkade ha begett sig ut på en långresa, av en eller annan anledning, och Claes-Åke kunde se fördelarna med den nuvarande situationen. Han nynnade svagt på en gammal Springsteen låt och satte sig på en bänk för att vila en stund. Före pensionärslivet hade han aldrig tagit sig tiden till att sitta på parkbänkar, men det fanns en viss tjusning i att göra det hade han upptäckt. Man fick alltid så mycket att titta på. Det var nästan bättre än utbudet på teve och det trots att han och Siw hade investerat i ett extra kanalpaket på äldre dar.

Ett par gick förbi med sina skrikiga ungar och Claes-Åke kände sig både lättad och lite sentimental när han tänkte på att småbarnsåren var över för hans del. I och för sig hade de bara en dotter, han och Siw, men hon hade varit något av en Duracellkanin när hon var liten. De hade haft fullt upp. Minnena fick Claes-Åke att ta fram mobilen och skicka dottern ett sms för att fråga hur hon hade det. Han hade för vana att göra det lite titt som tätt. Hon var ute i den stora världen och reste. Nåja, det var väl ett kvitto på att de hade lyckats, han och Siw. Att dottern var lycklig och trygg i sig själv: det var allt som betydde något.

När han såg upp igen, råkade han lägga märke till en kostymklädd figur som hastade genom parken med mobilen och portföljen i högsta hugg.

'Caspar Richardsson' noterade Claes-Åke. 'Aldrig att jag skulle få för mig att rösta på den där typen. Han inger inte förtroende direkt. Fast det var ju ganska hyggligt av honom att bjuda oss på den där tapasrestaurangen, även om det nog hade med Elaine att göra'

Claes-Åke reste sig upp och strövade vidare genom parken släpande på sina matkassar. Ett tonåringsgäng slängde ifrån sig två läskburkar på marken vilket fick Claes-Åke att gå upp i limningen.

"De burkarna plockar ni upp meddetsamma!" sa han bestämt och blev stående på fläcken med en så uppfordrande blick att ungdomarna vände sig om och gick för att plocka upp läskburkarna.

"Bra gjort!" sa han när de hade slängt dem i närmaste soptunna. Mycket kunde man säga om Claes-Åke men rättvis var han.

I slutet av parken hade kommunen anordnat ett insektshotell. Claes-Åke noterade att insektshotell verkade vara på modet. Han hyllade initiativet inombords. Äntligen gick skattepengarna till något vettigt. Han tittade in i insektshotellet utan att se en enda insekt, men kanske hade de skrämts av hans uppsyn och stuckit ut genom bakdörren. Claes-Åke drog sig tillbaka lite och tittade på arrangemanget. Då kom en ensam liten geting surrande och slog sig ner i ett av hotellets små skrymslen. Claes-Åke kikade närmre på den.

'Det är skandal som det ser ut idag' tänkte han. 'Förr blev jag upprörd över alla getingar som hemsökte vår balkong, men nuförtiden kan hela sommaren gå utan att jag får se en enda en av de här små rackarna'

Han kände sig lite skyldig när han tänkte på forna somrar och hur han hade farit runt med sin flugsmällare.

'Nej, leva och låta leva' tänkte Claes-Åke. 'Det är det rätta tankesättet'

Han tog en smula av sitt och hustruns fikabröd och la den i insektshotellet som en offergåva. Därefter tog han sina matkassar och traskade vidare ut ur parken.

Kapitel 27

Stål, betong, glas och asfalt. Det var Mr. Speakalots första intryck av Svenska Mässan i Göteborg. Han steg ur den svarta bilen medan vakterna öppnade dörren för presidenten.

Grumpy hävde sig ut, tittade på byggnaderna och noterade att han kunde bygga högre. Mr. Speakalot tvivlade på den saken. En gång hade Grumpy försökt att slå världsrekord i korthusbygge. Sean var väldigt glad för att de inte hade gått ut offentligt med den nyheten. Grumpy hade inte ens slagit rekordet för Svalbard och det var verkligen inte högt med tanke på att korthusbyggande är svårt med tumvantar. Resultatet blev inte högre än några decimeter och Grumpy hade tjurat för resten av den dagen. På det stora hela ansåg Sean att världsrekordförsök i korthusbygge var en utmaning som bara antogs av de som hade total brist på kreativa idéer.

Nu var de, i alla fall, på plats.

Klimattoppmötet skulle gå av stapeln. Mr. Speakalot hade hand om presidentens extrakopior av talarmanuset. Allt var förberett in i minsta detalj. Allt hade hitintills gått vägen. Allt som allt var manegen krattad för Grumpy. Allt talade för att något skulle gå fel, enligt Seans erfarenheter, och han var allt annat än lugn.

"Mr. President, känns allting bra?" frågade han. "Säg till om jag kan hjälpa till med något"

"Var nu inte så upptagen av alla detaljer" sa Grumpy bestämt. "Man måste alltid se till den större bilden. Jag är här för att bli ihågkommen"

Det var just det som Mr. Speakalot var rädd för.

*

En räddningsaktion började ta form. Det var nämligen så att Bengt hade dragit vissa slutsatser:

1. Zacharias befann sig på en ö med en fyr.
2. Fyren var inte Pater Noster.
3. Ön var öde.
4. Zacharias borde inte ha hunnit förflytta GPS:en särskilt långt från Axels tidigare inställning. Det innebar att Zacharias, med största sannolikhet, befann sig någonstans i Göteborgs skärgård.
5. Kustbevakningen eller Sjöräddningssällskapet var inte att tänka på. Hur skulle de förklara att deras granne hade hamnat därute i första taget?
6. De kunde ta Bengts segelbåt. Han hade den på en båtplats vid Önnereds Brygga.
7. Bengts elbil kunde ta dem till Göteborg.
8. Maja hade, av oklar anledning, intagit en plats i Bengts elbil.

Allt var således ordnat för avresan till undsättning av Zacharias. Men Amanda hade bara en sak kvar att göra, nämligen det viktigaste av allt: att ordna en hundvakt åt Lou. Bengtsson hade varit vänlig nog att passa den vita foxterriern vid ett tidigare tillfälle, men sedan han övertagit Pingo var detta inte längre ett alternativ.

Pingo och Lou kom inte alls överens.

Vid ett tillfälle hade papegojan fått för sig att bita Lou i örat, antagligen bara för att testa hur det kändes att göra just det, men sen den gången var Pingo Lous värsta fiende. Det spelade ingen roll hur mycket Pingo än försökte be om ursäkt. Han hade till och med spillt ut lite av sina fina fröer på golvet i ett försök att muta den underlige fyrbente. Till följd att Lou fick fröna i ansiktet och bara blev ännu argare. Bengt hade, i sin tur, försökt att medla i konflikten men utan resultat. Amanda hade tvingats avbryta sin spa-helg och skynda hem för att hämta Lou. Alternativ Bengt Bengtsson som hundvakt var därför ett utspelat kort.

Det kan vara bra att veta, för den som inte har hundvanan inne, att bristen på hundvakt kan bringa den mest beskedliga hundägare till desperation. Det var av just den anledningen som Claes-Åke, på sin väg till tvättstugan, blev stoppad av sin granne med frågan...

Frågan?

Nej, snarare med uppmaningen, eller den innerliga tillsägelsen, att han och hustrun ville vara snälla nog att passa den förträffliga lilla hunden.

"Kan inte din far passa vovven?" frågade Claes-Åke
som verkligen inte kände sig manad att ta Lou från sin
mattes händer.

"Hans nya fru är allergisk" sa Amanda och suckade.

"Jag är rädd att jag också har en viss tendens till päls-
allergi" sa Claes-Åke försiktigt.

"Vad märkligt!" utbrast Amanda förvånat. "Men hur
kunde ni då passa katten till Siws väninna?"

Claes-Åke hade glömt bort det.

Så sent som förra månaden hade han och Siw passat
Ullas katt. Om han kom ihåg rätt så hade han berättat
det för de flesta i hyreshuset. Och till råga på allt sagt att
han trivdes väldigt bra med att ha katt. Inte för att det
var helt sant. Besöket hade slutat olyckligt med att katt-
en hade misstagit Claes-Åkes favoritkofta för en klösfilt
att gosa in sig i. När Claes-Åke upptäckte att koftan låg
söndertrasad på soffan så hade han, med överraskande
snabbhet, övergett sin idé om att skaffa katt.

"Jo, det är just det" sa Claes-Åke i ett ögonblick av in-
spiration. "Vi har lovat att passa katten igen den här
veckan"

"Åh" sa Amanda och hängde med huvudet. "Jag får
väl ta med mig honom då. Han är inte särskilt förtjust i
katter"

"Just det" sa Claes-Åke glatt. "Nej, hundar och katter
går ju sällan ihop. Det blir som hund…, och…öh, katt"

*

Albert satte sig i framsätet medan Amanda intog platsen
bredvid Maja. Bengt slog sig ner i förarsätet och vände

sig om för att fästa blicken vid Maja. Hon satt och gjorde en grundlig genomsökning av sin handväska.

"Vad har du här att göra?" frågade Bengt vresigt.

"Uff" sa Maja. "Ska han säga! Jag tror att det blir fint väder jag. Nu kan han köra mig till Göteborg. Jag ska hälsa på min syster"

"Jag är väl ingen taxitjänst heller" sa Bengt.

Den gamla damen tittade upp för första gången och såg oförstående in i Bengts ansikte.

"Vafalls! Det här är minsann inte taxin" sa hon upprört. "Vad har du gjort av taxin?"

Amanda försökte diplomatiskt tydliggöra för Maja att det inte fanns någon taxi i närheten. Kanske hade taxiföraren blivit försenad? Bengt hade en aning om varthän det barkade.

"Vart är ni på väg då?" frågade Maja misstänksamt.

"Göteborg" sa Albert otåligt. "Vill du lämna bilen nu så vi kan komma iväg?"

"Snyggt gjort" sa Bengt ironiskt.

"Uff" sa Maja. "Göteborg? Utmärkt, då åker vi"

"Ja, vi gör väl det" sa Bengt uppgivet.

"Vasa?" sa Maja utan att göra någon språklig skillnad mellan frågan och den gamle kungen som en gång varit på vift med sin skidutrustning i Mora.

"Ingenting" sa Bengt och startade motorn. Elbilen lämnade parkeringsfickan bredvid hyreshuset på Björkgatan 24.

*

Grumpy hade således stigit ur sin svarta lyxbil utanför Svenska Mässan. Köerna ringlade långa vid Korsvägen och en limegrön elbil stod ut i mängden. Den hade samma nyans som Pingos fjäderdräkt.

En vit foxterrier tittade ut genom den öppna rutan och verkade ganska tillfreds med tillvaron. Amanda hade flyttat fram honom till en högst tveksam Albert efter att Maja hade klagat på att hunden gav henne konstiga blickar. Albert hade öppnat fönstret till hälften för att Lou skulle få något annat att tänka på. Det hade hunden också fått. Han hade fått syn på en orange kalufs i lätt morotsfärg. Lou gillade morötter.

"Se där" sa Amanda och rullade ner fönstret vid Majas sida. "Otroligt! Det är ju USA:s president"

Maja verkade finna något roligt i själva situationen. Hon satte handen för munnen och pekade därefter på presidenten ut genom det öppna bilfönstret. Bengt kastade en lång blick på presidenten när denne började gå uppför den röda mattan. Maja skrattade sitt egensinniga skratt. Ljudet svepte fram över de köande bilarna och fortsatte ända fram till Grumpy.

Presidenten vände sig hastigt om och grep tag i Mr. Speakalots ärm.

"Det där skrattet! Samma som vid Theresa Wilson-incidenten!" utbrast Grumpy.

"Jag måste säga att det låter en smula bekant" sa Mr. Speakalot.

"Speakalot" sa presidenten med skarp röst. Rådgivaren sjönk ihop och blev några decimeter kortare.

"Följ efter den där bilen!"

"Vilken av dem?" frågade Mr. Speakalot.

"Den där knallröda!"

"Den är limegrön, Mr. President"

"Jag sa ju det! Ingen tid att förlora! Finner du de där sabotörerna så väntar goda tider för dig, Speakalot" sa Grumpy och tillade:

"Annars får du sparken!"

"Jag fick sparken förra veckan, om presidenten kommer ihåg? Ska ni ge mig sparken igen?"

"Om det är vad som krävs" sa Grumpy och såg sur ut.

Mr. Speakalot gjorde vad som krävdes. Han tog plats i den svarta bilen och bad chauffören att följa efter den limegröna. Rådgivaren undrade i sitt stilla sinne hur det nu skulle gå med presidentens stora tal på klimattoppmötet. Och om han själv, trots många månaders trogen tjänst, just hade blivit misstagen av presidenten för att vara en av säkerhetsvakterna.

Kapitel 28

Det hade så blivit dags för Grumpy att hålla sitt stora tal på klimattoppmötet.

Han flankerades av ett antal säkerhetsvakter när han tog rulltrapporna upp till rätt våningsplan. Det blev trångt i rulltrappan med presidenten och alla säkerhetsvakter. Grumpy tog fram sitt talarmanus för att kasta ett öga på de första sidorna. Plötsligt, antagligen på grund av sin ålder och höjdskillnaden som färden medförde, förlorade han tillfälligt balansen. Pappren for all världens väg. Några fastnade i det rörliga räcket som rörde sig snabbare än Grumpy. De åkte iväg uppför trappan och sögs in i rulltrappans system. Ett antal ark fastnade mellan trappstegen och slets sönder.

På den övre våningen lyckades en äldre dam fånga upp ett halvt ark papper från trappräcket. Hon erbjöd presidenten det illa tilltygade bladet när han väl steg av på rätt plan.

"Var det allt?" frågade Grumpy frustrerat när han tog emot pappret från damen. Hon måste ha sett speciellt ofarlig ut, med sin egenhändigt stickade handväska, för ingen i säkerhetsvakten protesterade.

"Ja, det var det minsann. Vilken tråkig olycka. Tappade du balansen?" frågade hon och granskade honom lite försiktigt bakom sina hornbågade glasögon.

"Nej" sa Grumpy bestämt. "Jag har inte förmågan att tappa balansen"

"Nehej, men det är sånt som hör åldern till"

"Inte för mig" sa Grumpy och betraktade sitt halva pappersark med fundersam min.

"Nehej, men president ska han nödvändigtvis bli på äldre dar! Jag skulle rekommendera att han skaffar en rosenträdgård och sysslar med den istället"

"Hur har den där tanten kommit in här?" frågade Grumpy högt. En medarbetare svarade att han inte hade en aning.

"Jag är här för bokmässan" kungjorde damen. "Det brukar vara så många olika genrer men i år verkar allt handla om klimatet. Fast det är ju också trevligt, självfallet"

Presidenten lämnade damen med den handstickade väskan utan ett ord till svar. Sedan ropade han efter Mr. Speakalot att ta fram en kopia av talarmanuset. I samma stund insåg Grumpy att han hade råkat skicka iväg Mr. Speakalot på ett annat uppdrag.

Så stod president Grumpy slutligen i talarstolen. Ingen i publiken utbrast "Äntligen!". Man lutade sig bara tillbaka för att se vad presidenten skulle säga för tokigt den här gången. Grumpy levde upp till sitt rykte. Vid det här tillfället utan någon som helst inblandning av Megafonen.

"Klimatet…" började han. "Det är ett stort ord…, ett mycket stort ord. Vi är alla här för att vi har missförstått dess storhet. Jag vill påstå att jag alltid har klarat mig ganska bra utan klimatet. Låt mig berätta om mitt besök på ett zoo alldeles nyligen för att betona min poäng. Det var under mitt statsbesök i Storbritannien. Jag fick se en stor brunbjörn där…, i djurparken alltså. Vad fick det mig att tänka på? Jo, Nalle Puh. Denna stora exportprodukt från England. Nalle Puh är, som alla känner till, mycket förtjust i honung. Det är inte nyttigt för en björn att äta såna mängder med honung, säger jag"

Här gjorde Grumpy en konstpaus och väntade en god stund innan han fortsatte:

"Men vad säger de då på zoot? Jo, där får jag höra av personalen att verklighetens björnar inte äter honung. De äter blåbär och annat jox"

I publiken tittade man förundrat på presidenten.

"Tror du att det finns någon poäng i det här?" frågade damen med den handstickade väskan en journalist. "Jag vet att han är Amerikas president och allt det där, men köpa hans bok tänker jag i vilket fall inte göra"

Grumpy sträckte på sig, för att därefter luta sig fram över talarpodiet med en ledig hållning.

'Jag är riktigt vass på att improvisera faktiskt' tänkte han. 'Få se vad jag ska säga nu då?'

"Nalle Puh är alltså inte på riktigt. Han finns inte. Han är ett hopkok av lögner. Jag säger så här. Vi ska göra vad vi kan för klimatet, men det är ju på det viset att klimatet bör göra något för oss också. Det illustreras bäst, tycker jag, genom att berätta om min upplevelse på det där zoot i England. Vad har klimatet någonsin gjort för oss? Jag skulle gärna vilja ha svar på det. Det tycker jag att vi ska diskutera på det här klimattoppmötet. Vad har klimatet någonsin gjort för oss?"

"Tack för mig" sa Grumpy och tog sig ledigt ner från talarstolen. Äntligen stod presidenten inte längre i talarstolen. *Grumpy had left the building.*

"De är alltid kortare än vad de ser ut på teve" sa den äldre damen med sin handstickade väska.

Kapitel 29

Det var ovanligt lugnt på sjön. Ett vilset vitt moln färdades sakta över en klarblå himmel. Inom loppet av några timmar hade Sputtovko blivit upphämtad av en lyxig motorbåt. Man hade lagt Åland bakom sig.

"Synnerligt, hrm, dåligt bemötande från Göteborgs invånare" sa han till en av halvledarna.

Denne nickade och tittade sedan ner i sjökortet för att undkomma ämnet. Man hade försökt upplysa Sputtovko om att det var en bit till västkusten, men ledaren var fortfarande fullt övertygad om att Åland i själva verket var Göteborg. Och om Åland var Göteborg så var det ju inte alls långt till Brännö. Klimattoppmötet fick vänta. Nu hade man viktigare saker för sig. Den hemliga operationen som Sputtovkos underrättelsetjänst hade inlett verkade ha gått på tok. Till halvledarnas olycka hade ledaren råkat höra om misslyckandet i båtens radiokommunikation.

"Katastrofalt!" muttrade Sputtovko för sig själv där han stod bredvid kapten. "Dessa inkompetenta idioter! Hörde ni att jag sa idioter? Ja, jag ser väldigt allvarligt på det här. Spilla kaffe på instruktionerna! Sådant får bara inte hända"

"Det kan hända den bästa" sa tolken som nu kände sig en aning överflödig i sammanhanget.

"Eller jag menar snarare: det kan hända den sämsta" fortsatte han nervöst. "Det är vad jag menar. Det händer den sämsta, men aldrig den bästa"

"Minsann, och vem är den bästa?" frågade Sputtovko och rätade stolt på ryggen.

"Ja, det är ju du" sa tolken och gjorde en hastig bugning som inte blev särskilt vördnadsfull när båten gungade till.

"Hrm" sa Sputtovko och såg nöjd ut. Sedan förbyttes hans ansiktsuttryck till irritation.

"Hur kör du egentligen, du din amatör till kaptensimitation?"

Kaptenen kastade en blick på sjökortet och sa buttert:

"Det har kommit kaffe på sjökortet. Blir svårt att navigera då"

Sputtovko kastade en hastig blick på kaffekoppen i sin hand och den svartbruna fläcken på sjökortet.

"Det gungar något fasligt. Gör något åt det! Vem som helst kan ju spilla sitt kaffe när det går sjögång på det här sättet! Vet kaptensimitationen vad kaffet kostar nu för tiden? Vill du göra mig ruinerad? Landsförräderi att göra sin ende ledare ruinerad!"

Sputtovko vände sig till en av halvledarna:

"Är denne landsförrädare uppskriven på listan?"

"Låt mig se. Jag skriver upp, eh, herr kaptensimitation meddetsamma" sa halvledaren.

"Gott!" sa Sputtovko.

Han smuttade på sitt kvarvarande kaffe och tillade:

"Mycket gott!"

"Nå" sa tolken beskedligt. "Om jag förstår det hela rätt så har våra agenter ett vagt minne av att ön ifråga hade ett namn som bestod av fyra bokstäver. Får jag då föreslå att vi testar Hönö, som jag kan se här på sjökortet, istället för Brännö?"

"Nej" sa Sputtovko resolut. "Min magkänsla säger att den här brännande ön är ett gott alternativ. Säg åt dem att leta där! Och nu vänder jag mig till denna sjötunga till navigeringsjäkel. Styr hemåt! Jag har fått nog av det här!"

"Om tanken räcker dit vill säga" invände kaptenen.

"Bekymra mig inte med irrelevanta detaljer" sa Sputtovko högdraget.

"Och vår vattentank är redan tom" fortsatte kaptenen.

"Nåväl, nu när kaptensamöban nämner det så är jag faktiskt törstig" sa Sputtovko.

"Kaffet är slut" insköt tolken.

"Så ta en skopa vatten från havet! Bekymra mig inte med alla dessa irrelevanta detaljer"

"Men…, det är farligt att dricka havsvatten" upplyste tolken med förvirring i blicken.

"Nonsens!" sa Sputtovko med basstämma. "Det är vad man kallar *fake news*. Lögner från de som vill att vi ska törsta ihjäl på de sju haven. Era baciller till fegisar! Är det ingen här som vågar ta sig ett glas? Nåväl, vad hade ni tänkt er skulle hända om man tar sig ett glas? Att man sväller till en ballong och exploderar? Ge mig ett glas! Nu! Jag ska visa er klentrogna lymlar"

Tolken hämtade ett kristallglas och lutade sig ut över relingen för att förse ledaren med ett glas havsvatten. Med skeptisk min lämnade han över dricksglaset till Sputtovko. Den omfångsrike ledaren tömde glaset på ett ögonblick. Han såg sig omkring bland sina underordnade med ett triumferande uttryck i ansiktet.

"Haha! Vad trodde ni? Smaken är utsökt. Jag har intagit välgörande vitaminer och mineraler medan ni har stått där och törstat som fånar"

Som för att befästa sin poäng intog han ytterligare tio glas av havsvatten. Halvledarna betraktade detta nya upptåg med uppspärrade ögon.

"Det där är inte nyttigt. Vi blir nog tvungna att lägga om kursen" konstaterade kaptenen och vände sig till tolken för att få medhåll. Tolken tittade på Sputtovko och svarade med en diskret nickning.

"Urk" sa Sputtovko korthugget. Hans ansikte började anta en diskret grön nyans som visserligen matchade färgen på hans slips.

*

Alla vägar bär till Rom, men ingen väg bär från Göteborg. Efter att ha cirklat några varv vid Korsvägen och därefter skumpat över ett kilometerlångt kullerstensparti, stannat vid tiotalet stoppljus och gjort en U-sväng i riktning mot centralstationen, lyckades man hamna nere i ett tunnelsystem med branta betongväggar på vardera sida om vägbanan. Därefter, utan att Bengts GPS protesterade, råkade de ta av i höjd med Järntorget. Bengt betvivlade att det verkligen var Järntorget.

"Så här såg det aldrig ut förr" sa han.

"Nej, tack tusan för det" sa Albert.

"Det är mestadels hotellet som är nytt" sa Amanda och tittade ut på tornet som letade sig upp mot skyn.

Gör en U-sväng!

Till och med GPS-Ingrid började bli irriterad.

"Och hur har du tänkt att det ska gå till!?" utbrast
Bengt.

"Jag sa att jag ska besöka min syster i Frölunda" för-
tydligade Maja från baksätet.

I den efterföljande bilen satt en djupt fundersam Mr.
Speakalot. 'De verkar inte ha en aning om vart de är på
väg. Verkligen underligt. Mycket mystiskt' tänkte han.

Han hade insett att det märkliga skrattet tillhörde den
äldre damen i sällskapet. När väl den framförvarande
elbilen anlände till Frölunda, och damen steg ut, bad han
därför chauffören att stanna.

Speakalot begav sig ut i det välansade villakvarteret
och följde diskret efter den grånade damen. Maja, i sin
tur, märkte ingenting av presidentens rådgivare. Hon
strövade sakta fram till sin systers farstu och lutade sig
mot räcket medan hon använde sin käpp för att ringa på
dörrklockan. En rund liten dam öppnade och log stort.

"Så du kom ändå, kära du!"

"Uff" sa Maja och makade sig in i hallen.

"Vem är det du har med dig?" frågade den fryntliga
systern. Speakalot insåg att han, trots sin försiktighet,
hade hamnat i blickfånget.

"*My dear ladies, I was just wondering if I could ask you a
couple of questions?*" sa han med stor värdighet i rösten.

"Jag tror vi har att göra med Statistiska Centralbyrån"
sa systern glatt till Maja.

"Låtsas inte om en så går en nog igen" sa Maja och
plirade misstänksamt på den kostymklädde.

"Statistik behövs för att få reda på vart samhället är på
väg och hur vi möter framtiden på allra bästa sätt" sa

systern som taget ur en reklamannonsering från anslags-
tavlan.

"*Welcomme*" sa hon och bjöd helt sonika in president-
ens rådgivare. Det dukades upp ett fikabord med sjuttio
varianter av sju sorters kakor. Mr. Speakalot insåg snart
att han var väldigt svag för brysselkex.

Kapitel 30

"Hej, vad det gungar i båten idag. Ohoj, oboy, ohoj" skränade gourmanden Bergling från fyrtornet medan han korkade upp en champagne. Korken for långväga över bergknallen nedanför. Under tiden stod Zacharias och mixtrade med linsfyrapparaten. Gourmanden Berglings inträde i handlingen hade skett lika plötsligt som kaosartat. Zacharias hade stått högst upp i fyren och fått syn på en glänsande, snabb motorbåt. Naturligtvis flaxade han frenetiskt med armarna och hojtade för att bli räddad. Till sin stora lycka såg Zacharias att motorbåten ändrade kurs. Föraren vinkade tillbaka och styrde in mot land.

"Huuur haaar du hamnat däringa!!" ropade motorbåtens ägare och fortsatte att vifta med handen som om han signalerade med en fackla. Zacharias hörde ingenting, av naturliga skäl. Föraren skränade ännu högre, just som öns bergsmassiv närmade sig. Nu skrek Zacharias tillbaka, men föraren hörde ingenting. Av naturliga skäl. Av lika naturliga skäl gick motorbåten på grund mot klipporna. Motorbåtens ägare skränade ännu högre.

Tack och lov var Zacharias simfärdighet god och han lyckades få upp den nödställde ur vattnet. Medan de hämtade andan på fast mark började några flaskor flyta in mot strandkanten.

"Det där" sa den förlista motorbåtens ägare. "Det där
är ytterligare en räddning i nöden. Champagne! Vi må
vara skeppsbrutna båda två, men intet skall fattas oss!
Låt mig se om jag kan återhämta lite mer av packningen.
Jag har ett större parti med surdegskex också. De är
utsökta! Låt mig se om jag kan..."

"Vänta nu här. Vad heter du egentligen och vem är
du?" frågade Zacharias.

"Högst oartigt av mig" sa den belevade herren och
slog ut med armarna. "Låt mig presentera mig! Bergling.
Till yrket gourmand. Angenämt"

Och nu var alltså situationen som den var.

Zacharias hade ätit sig någorlunda mätt på kex och
gourmanden Bergling hade druckit sig någorlunda
vinglig på champagne. I tankarna anklagade Zacharias
samtidigt sig själv för att han inte hade gett tydligare
instruktioner till Amanda och Albert.

'Varför tänkte du inte ett steg längre?' frågade han sig
själv med en suck. 'Du kunde ha förklarat att det fanns
ett fyrhus intill fyren. Du kunde ha berättat ungefär hur
stor ön var... Men gjorde du det? Nej, inte alls. Hur dum
får man vara egentligen? Det är rätt åt mig om jag tving-
as sluta mina dar tillsammans med den här champagne-
drickande strupsångaren'

"Grubblar du på något Zick-Zack?" frågade Bergling
och svingade med champagneflaskan.

"Jag bara tänkte att det sista som överger människan är
hoppet" sa Zacharias.

"Åjo, det är alldeles för tidigt att misströsta" sa gour-
manden Bergling skojfriskt. "När surdegskexen, osten

och champagnen tar slut så ska jag misströsta som aldrig förr, men inte innan dess. Får det lov att vara ett glas?"

"Nej tack" sa Zacharias bestämt. "Jag behöver vara klar i huvudet om jag ska kunna fixa det här"

"Finns ingen chans att det går!" utbrast Bergling och fortsatte:

"Åjo, en statistiker ska det väl till för att ordna med det elektroniska... Hör du inte hur befängt det låter? Sluta upp med det dära innan du får tusen volt genom kroppen! Lyssna hellre på berättelsen om hur det gick till när jag hittade en rosa pärla i ett ostron. Det var under en vistelse i Paris på 80-talet..."

"Vänta lite här!" utbrast Zacharias. "Vadå för ost?"

"Glömde jag berätta det?" sa Bergling med rynkad panna. "Jag hittade ett parti vaxad prästost inne i fyrhuset. De var i utmärkt skick med en distinkt ton av picklad valnöt. Fullkomligt förträffliga!"

"Och du brydde dig inte om att berätta det för mig? Inte undra på att du är på gott humör. Ska jag leva på vatten och kex medan du äter vaxad prästost?"

"De smakar inget vidare med skalet av vax kvar. Man måste ta bort det. Förresten så var de en aning mögliga i mitten. Man vill ju inte ta för vana att bjuda folk på möglig mat"

"Det här är inte Nobelfesten!" konstaterade Zacharias. "Man tager vad man haver"

Bergling verkade upptagen av andra tankar.

"Konstigt egentligen..." mumlade han för sig själv. Zacharias såg frågande på honom.

"Jo, det där möglet i mitten på ostarna. Det var vitmögel men ändå inte..."

"Bespara mig en ingående beskrivning av möglet, tack!"

"Och så fanns det en hel del plastpåsar där också" fortsatte Bergling. "Man har ju hört att det är för mycket plast i haven, men jag visste inte att det hade börjat leta sig in i ostar till råga på allt. Livsfarligt, när du tänker på det, inte sant? Föreställ dig att du njuter av en välsmakande Saint Agur från Alsace-distriktet och så får du plötsligt i dig en plastpåse med vitt möggel i. Fullkomligt livsfarligt! Föreställ dig sen att du sätter den genomskinliga plastpåsen i halsen, får andnöd och håller på att kola vippen. Varefter en snäll förbipasserande doktor måste ingripa och göra en akut livräddande insats innan faran är avvärjd. Och som om det inte vore nog. Resten av livet kommer en ädelost aldrig att smaka lika gott igen!"

"Jag tror att vi har något olika uppfattning om vad som gör livet värt att leva" sa Zacharias och såg tvivlande på gourmanden. Han rättade till sina stålbågade glasögon och betraktade betänksamt fyrhuset.

"Jag tror du får till att visa mig de där ostarna, Bergling"

"Ja, minsann" sa gourmanden och såg med ens riktigt melankolisk ut. Det bar honom emot att avslöja detta förträffliga parti vällagrad präst för en medmänniska som inte kunde skilja en hushållsost från en äkta hantverksdelikatess.

Ute på ett av skären intill låg några knubbsälar och vilade sig i solljuset. De tittade lugnt på medan de två skeppsbrutna vandrade nerför klipporna mot det rödmålade fyrhuset. Längsmed stranden skymtade hundkex och lila klöver.

Solen var på nedåtgående och timmar återstod innan skymningen. Just som de två hade försvunnit in i fyrhuset kom en tystgående segelbåt åkande förbi.

"Titta!" utbrast Amanda medan hon lutade sig ut över relingen. "Sälar!"

"Hm" sa Albert distraherat. Han stod och hängde över GPS-skärmen bredvid Bengts plats vid rodret. Amanda kastade en blick över axeln och frågade de andra:

"Ska vi inte stanna vid den här fyren?"

"Nej" sa Bengt. "Det avviker från min planerade rutt. Vi börjar med Kungen och tar sedan en fyrplats i taget rakt norrut"

"Kungen?"

"Kungen är en ö väster om Lerkil" förklarade Bengt. "Den har en vit fyr med ett svart fyrtorn. Det känns som en rimlig chansning"

"Jag vet inte jag" sa Amanda försiktigt. "Men min magkänsla säger att den här ön är väl värd att undersöka närmare"

Plötsligt kom en motorbåt farande tätt förbi segelbåten. Bengt höjde näven i luften och skrek förolämpningar efter fartdårarna. Amanda fick sig ett ofrivilligt dopp när segelbåten la sig på sidan i vågskvalpet. Albert grep tag i bommen för att hålla balansen, Bengt tog ett bastant grepp om rodret medan Lou sjövant parerade gungningarna i fören på båten. Amanda hade satt på honom en rejäl hundflytväst i röd färg som hon hade lånat från hamnkontoret.

"Ligister!" gormade Bengt. "Ingen elmotor där inte. Vissa typer gör allt för att förpesta skärgården med avgaser. Svart motorbåt och svartbågade solglasögon. Rena maffiagänget för sjutton!"

I fyrhuset var Bergling och Zacharias på väg att dra en liknande slutsats. Gourmanden höll upp en till hälften uppäten prästost. Mitt i osthalvan skymtade en röra av plastpåsar.

"Titta" sa Bergling. "Och så innehåller de vitt pulver av ost som har möglat. Vitmögel. Nåväl, vi kan äta runt det så länge. Tills vi blir räddade"

"Ehum" hostade Zacharias. "Jag börjar bli en aning orolig för att det här inte är vitmögel"

"Salt, socker?" föreslog Bergling.

"Tack gode gud för att du inte åt upp det här också" fortsatte Zacharias.

"Gelatinpulver, eller kanske den där vegetariska varianten. Vad heter den nu igen?"

"Du hade varit död som en sten vid det här laget" sa Zacharias och kastade ifrån sig osthalvan med äcklad min.

"Intressant, det där" sa Bergling. "Visste du att det heter *dead as a dodo* på engelska? Det anspelar på en fågel, en dront, från Mauritius som dog ut för sisådär ett antal hundra år sedan"

"Gör det?" frågade Zacharias. "Om de där skurkarna kommer hit innan vi lämnar ön så kommer vi med all sannolikhet att vara lika döda som en dront snart också"

"Nej, nej" sa Bergling bestämt. "Vi kan inte bara göra en ordagrann översättning av uttrycket. Engelsmännen har valt dronten, vi borde välja något annat. Om man ska till att göra en försvenskning så kan vi kanske referera till ett nordiskt, förhistoriskt djur. Jag föreslår död som en mammut. Det har något verkligt definitivt över sig"

"Förresten…" började Bergling och såg först på lagret av prästost för att sedan vända blicken mot Zacharias. Gourmanden började plötsligt stamma något våldsamt:

"Du menar inte… åh, vid min skapare. Inte för att…, jag är inte kyrklig men… du menar inte…"

Zacharias nickade allvarsamt och med eftertryck.

"En skurkstat kanske…, eller en maffia…, eller någon galning" flämtade Bergling. "… är ute efter oss. Jag… är för ung för att dö"

Kapitel 31

Efter att Zacharias, efter mycket om och men, hade lyckats lugna ner gourmanden Bergling började det hårda arbetet med att bygga en befästning högst upp i fyrtornet. Det var i sista stund. Sakta började skymningen lägga sig över det omgivande havet och ön när en svart motorbåt uppenbarade sig vid horisonten. Motorljudet växte allteftersom sjöfararna närmade sig sitt mål. Bergling pekade med darrande hand på besättningen som alla var iklädda svarta solglasögon. Med andra handen kramade han en flaska champagne och tryckte den hårt mot bröstkorgen.

"Ducka" uppmanade Zacharias medan han justerade en packlår framför dörren till fyrens utsiktstorn.

"Vi får inte bli upptäckta"

Bergling duckade och spanade ut mot öns klippor.

Motorbåten saktade fart och gled försiktigt in mot en vindskyddad vik på den östra sidan.

Gourmanden vände sig mot Zacharias och utbrast:

"De är ute efter den vaxade prästosten. Tänk om de lägger märke till att en av packlårarna saknas!"

"Vi får ta risken" svarade Zacharias.

"Det är sant, vi vill ju absolut inte hungra ihjäl ifall belägringen blir långvarig" instämde Bergling betänksamt.

"Jag tänkte mer på att vi behövde något tungt för att blockera dörren" förtydligade Zacharias.

I samma stund blev de ovälkomna besökarna synliga intill fyrhuset.

"De närmar sig" viskade Bergling och började prassla nervöst med att veckla ut en medhavd macka från sitt smörgåspapper.

"Snälla, ät inte nu" viskade Zacharias.

Han gestikulerade att Bergling skulle lägga ifrån sig smörgåsen. Plötsligt hördes ett svagt gnisslande läte när dörren på bottenvåningen öppnades. Bergling började tugga på sin ostbeströdda baguettmacka.

"Jag måste äta för att inte dö av rädsla" viskade han mellan tuggorna.

Fyrhuset verkade alldeles tyst.

Zacharias gestikulerade ytterligare till Bergling att bibehålla tystnaden. Bergling smaskade ännu tystare på sin macka. Ljudet av röster sipprade upp till fyrtornet. Det gick inte att urskilja vad som sades men rösterna lät irriterade.

"Aj!" utropade Bergling med skarp stämma och såg ner på sin macka med förfäran i blicken. "Jag tror att jag bet sönder en tand. Vad i himlens namn är det här? Ett chip av något slag?"

Zacharias skyndade fram till honom.

"Ett USB-minne" konstaterade han. "Med försvarets logotyp på. Jaha, vi har alltså med spioner att göra. Och den där baguettmackan lyckades du få med dig hit från fyrhuset antar jag?"

"Minsann, hur visste du det?" frågade Bergling.

"Din olycka!" suckade Zacharias. "Vi är förlorade"

Både han och gourmanden ryste till när dova steg började ljuda i trappan utanför.

Samtidigt som Bergling höll fast vid sin oöppnade champagneflaska, började Zacharias ösa upp de runda prästostarna från packlåren. Han drog sedan upp dörren till trappsatsen och hivade iväg den första med full kraft. Det hördes ett högt rop och en duns när osten träffade sitt mål.

På ett ögonblick utbröt full aktivitet i fyren. Springande steg och högljudda röster ljöd från bottenvåningen. Plötsligt uppenbarade sig en av männen på den övre trappsatsen. Zacharias öste ut flertalet nya prästostar. De rullade nerför trappan i full fart, vilket resulterade i att angriparen tappade balansen och tumlade ner igen.

Under tiden hade Berglings nervositet utmynnat i fullskalig hysteri. Han skrek på hjälp och vevade igång mistluren i fyrtornet. Det skapade ett sådant oväsen att vartenda fartyg inom minst tio sjömils radie uppfattade signalen. Däribland en viss segelbåt.

Zacharias fann sig plötsligt stå öga mot öga med en solglasögonbeklädd. I samma stund insåg han förfärat att den vaxade prästosten var slut.

Plötsligt hördes ett kraftigt *popp*-ljud bakom Zacharias rygg. En champagnekork kom flygande och träffade angriparen rakt i pannan. Mannen stapplade till och vinglade en stund innan han föll baklänges och landade i den tomma packlåren. Bergling garderade sig med att lägga på locket.

*

Något senare anlände Bengts segelbåt till Valö. Albert, som var den förste att gå iland, såg en svart motorbåt riva iväg över vågorna från öns östra sida. I fyrtornets trappsats möttes han sedan av några avtuppade typer med solglasögonen på sned och en väldig massa prästost.

När väl kustbevakningen hade tillkallats vågade man sig upp i fyrtornet. Zacharias nästan föll i sina räddares armar. Han var lätt gråtfärdig och Amanda, som blev mycket oroad, utbrast:

"Stackars dig. Vad fruktansvärt att bli kvar ute på en öde ö så här"

"Öde?!" upprepade Zacharias. "Om det bara hade varit så väl…"

"God dag" hördes Berglings röst. Han reste sig från packlåren och skakade ivrigt hand med sina räddare.

"Bergling. Till yrket gourmand. Angenämt"

Kapitel 32

Vädret var strålande vackert. Solen sken över gräsmattan på Björkgatan 24 i Falköping. En konstnär med blå som favoritfärg hade inte kunnat skapa en lika blå himmel. Maskrosorna hopade sig omkring Bengts sneda skulptur intill entrén. Pingo hade fått följa med ut i grönskan och den gröna papegojan vilade nu ståtligt mellan öronen på träekorren.

Med hopp om att erbjuda rekreation till den sönderstressade Elaine hade grannarna kommit med förslaget att anordna en picknick på tomten.

Elaine hölls ovetande om planerna tills hon fann sig själv sittande i en solstol framför hyreshuset. Vem som var initiativtagare till arrangemanget var en aning oklart. Hursomhelst så hade picknickidén fått fötter och sprungit vidare i ilfart från granne till granne. Slutligen var samtliga boende i hela hyreshuset engagerade i förberedelserna.

En aning oväntat hade Albert också dykt upp i närbutiken där Amanda arbetade för att erbjuda sin hjälp med införskaffandet av mat och dryck. Eller som Albert uttryckte saken:

"Behöver du hjälp med nåt, eller? Jag tänkte att jag typ kan bära kassarna. Jäklar vilken liten butik det här är förresten"

Den tuggummi-tuggande Rebecka fick sig en smärre chock när hon fick syn på den rikskände sångaren. Under jämna tuggor sände hon sedan flörtsamma kommentarer till Albert och bannor till Amanda som inte hade nämnt sin celebra bekantskap med ett enda ord.

Amanda blev en aning tagen av situationen, varpå handlandet blev därefter. Efter att ha gått mellan hyllorna och plockat på sig allt från ananas till vitlök, från kaviar till lax, började Albert ta kommandot över inköpen. Slutligen fick de med sig vad som behövdes till picknicken och mer därtill.

I kassan tog Rebecka emot med all tänkbar entusiasm. Munnen gick i ett. Tyvärr resulterade hennes pratglädje i att hon satte tuggummit i halsen. Amanda ingrep och dunkade kollegan i ryggen.

Efter att Rebecka återfått andan fortsatte hon att prata lika glatt och ivrigt som om ingenting hade hänt.

Det var inte bara Albert och Amanda som hjälpte till med förberedelserna inför picknicken. Även Bengt hade begett sig för att handla. Han var visserligen nykterist men tog ändå fasta på alkoholen.

"Jag ska blanda till Elaine en färgglad drink" hade han proklamerat på hyresgästföreningens extrainsatta möte.

"Effekten av en färgglad drink bör inte underskattas. Jag hade en gammelmorfar som låg för döden när han var 89 år men som piggnade till när min gammelmormor blandade till honom en uppfriskande daiquiri. Bara sådär. 'Hej hupp' utbrast han och så var han uppe ur bäddsoffan innan gammelmormor hann ställa undan romflaskan. En hängiven nykterist för övrigt var han, min gammelmorfar, ska tilläggas"

På denna utläggning hade Bengt sett väldigt nöjd ut och sedan avslutat med orden:

"Nu ligger ju inte Elaine för döden, tack och lov, men det här med svårmod är komplicerade saker. Jag tänker att det är värt att se om god mat och goda drycker i goda vänners lag kan kurera henne"

Med på tåget var också Siw och Claes-Åke som båda två såg fram emot kalaset.

"Det är visserligen nyttigt för grannsämjan", som Siw hade diskuterat med väninnan Ulla i telefon, "men hon är allt en egendomlig en den där Elaine. Jag har aldrig riktigt förstått mig på henne. Endera dagen pigg och glad som en lärka, andra dagen lika butter som en sten i skon"

Med Zacharias hjälp hade Claes-Åke, med arkeologisk precision, grävt fram klotgrillen från hyreshusets överbelamrade förråd. Siw anmärkte att den tidigare svarta metallkarossen var grå av damm.

"Lite damm har aldrig gjort någon förnär" sa Claes-Åke och blåste undan det översta lagret. Zacharias, som händelsevis stod i vägen för det plötsliga vinddraget, tvingades torka av damm från sina glasögon.

"Claes-Åke!" utbrast Siw irriterat. "Om du någon endaste gång kunde vara lite uppmärksam! Se vad du har ställt till"

Claes-Åke såg sig oförstående omkring medan Siw gick fram till Zacharias och instruerade honom att inte torka av sina fina glasögon mot skjortärmen.

"Man kan orsaka repor i glaset av att göra sådär" sa hon. "Det går inte an. Du behöver en riktig glasögonservett och riktigt glasögonrengöringsmedel för att få dem rena. Kom med så ska jag ordna med det. Så att de blir ordentligt rengjorda. Och…" tillade Siw och vände sig respektingivande till sin make med tillsägelsen:

"Du ser till att torka av och göra i ordning grillen med såpa och vatten"

Claes-Åke var just på väg att öppna munnen och protestera när hon tillade: "…och kom inte och säg att lite damm rensar magen!"

Claes-Åke stängde munnen igen.

De tillfälliga svårigheterna med klotgrillen stannade tyvärr inte vid detta. Efter att Zacharias glasögon och klotgrillen hade blivit skinande rena, hände det som inte fick hända. Zacharias fick syn på en liten pappersremsa som stack ut från pensionärernas persiska matta.

"Jag tror att ni har tappat ett kvitto eller nåt här" sa Zacharias i förbifarten. Han böjde sig ner och lämnade sedan över lappen till Siw.

Siw noterade att det inte var ett kvitto.

Siw noterade att det var en etikett med texten 'Made in China'.

Siw drog vissa slutsatser, vilket ledde till ett kritiskt kvartssamtal med Claes-Åke. Kvartssamtalet övergick snart i ytterligare en kvart av höjda rösten, följt av ytterligare en kvart av tårar och klagan. Vid det här laget hade Zacharias övertagit ansvaret för grillningen. Claes-Åke, som hade slarvat bort hustruns ärvda, förtjusande, och i hög grad äkta, persiska matta fick en timmes utegångsförbud. Siw skulle nämligen gå på grannträffen och picknicken, det hade hon bestämt, men hon ville bestämt inte ha sällskap av sin förljugne make.

Den reflekterande läsaren kanske frågar sig om picknicken verkligen var värd besväret? Elaine frågade sig samma sak. Slutligen, när alla förberedelser var klara, lyckades en benådad och butter Claes-Åke få ner henne i en solstol på gräsmattan framför hyreshuset. Elaine gav ljud åt sina tankar och utbrast:

"Vad har ni tänkt att det här ska vara bra för?"

Solstolen var placerad intill några vackra picknickfiltar som Bergling medtagit till tillställningen. Med yviga gester och klingande basröst gav han Zacharias i uppgift att grilla ett parti medhavd Camembert.

Zacharias, som inte var den mest grillrutinerade, fick plötslig prestationsångest. Omedveten om att yttrandet höjde pressen ytterligare nämnde Bergling att han hade debiterats 5499 kronor kilot för läckerheten.

"Vad jag är lycklig att jag har fått lära känna er alla, förträffliga människor!" utbrast han. Gourmandens röst bröts en aning av de sentimentala känslor som bubblade upp till ytan hos honom vid dessa ord.

Alla var samlade. Amanda och foxterriern satt på en guldskimrande picknickfilt i rutmönster. Albert slog sig ner bredvid, trots att resten av Everrock hade intagit en annan sittplats intill Bengts sneda träskulptur. De bar solglasögon för att inte bli igenkända och liknade på så vis det haffade maffiagänget från Valö.

Den vita foxterriern morrade svagt och ihärdigt mot Albert medan den senare ignorerade beteendet med liknande ihärdighet.

Framför Elaines solstol höjde gourmanden Bergling sitt champagneglas till de samlade.

"Zack-Zack räddade mig från en säker drunkningsdöd. Låt mig också vända mig till käre kapten Bengtsson samt de unga två. Till er vill jag skåla för er heroiska insats. Jag fruktade törst, hunger och… törst på den där otäcka ön. Ni räddade oss och satte skurkarna bakom lås och bom. Jag applåderar er insats!"

Zacharias noterade missmodigt att Albert sträckte sig efter Amandas hand och tog den i ett fast grepp när talaren Bergling nämnde deras insats.

"Uff" sa Maja i samma stund och tittade ogillande på gourmanden.

Zacharias lade över Camemberten intakt på tallrikarna. Bergling hade precis övergått till att sjunga någon form av snapsvisa för Elaines tillfrisknande.

"Tar du över här Claes-Åke" uppmanade Zacharias diskret. "Jag tror att jag beger mig"

"Jaha" sa Claes-Åke nästan likgiltigt. Han var fortfarande moloken efter bråket med Siw.

"Är det på grund av den där typen i skinnjacka?" tillade han korthugget.

"Tja" sa Zacharias förläget. "Jag vet inte"

Maja tog sats med sin rullator och blockerade med ens Zacharias väg.

"Mina sockerfria potatisbullar?" frågade hon uppfordrande. "Så de är alltså färdiga till slut? Tog sin tid!"

"Jag beger mig" upprepade Zacharias. "Fråga Claes-Åke. Han tar över nu"

"Usch! Ska han gå alltså? Bara för att de däringa håller handen? Hålla handen är väl ingenting. På min tid gjorde vi mer än att hålla i handen. Jag ska berätta hur det var när jag var på dans, det var någon gång… hrmm…, ja, just det. 1948. Jag var till och med gift på den tiden. Men det hindrade mig inte från att ha ihop det med min stora beundrare. Hjalmar hette han. Hålla handen? Vi gjorde mer än att hålla handen, vi…"

"Stopp på belägg" sa Claes-Åke bestämt. "Jag har hört tillräckligt!"

"Uff" sa Maja och kom av sig fullständigt. "Vart tog mina sockerfria potatisbullar vägen egentligen?"

Zacharias noterade samtidigt att en silvergrå BMW svängde in på uppfarten.

Elaine fick något lätt panikartat i blicken när hon fick syn på den välklädde politikern Caspar Richardsson. Hon grep tag i solstolens armstöd och fick det att se ut som om hon var i färd med att fälla ihop den med sig själv i. Caspar drog en hand genom det välvaxade håret och höll fram en blomkvast med aprikosfärgade liljor och vit gerbera.

"Jag tog en sväng förbi för att hälsa att du ska krya på dig" sa han. "Och överräcka de här blommorna"

"Jag är allergisk…" började Elaine och höll upp sina händer i en avvärjande gest. Caspar noterade inte hennes invändning och placerade buketten i Elaines knä av bara farten.

"Du kan inte ana vad jag har haft att göra den senaste tiden. Hektiskt är bara förnamnet" fortsatte han snacksaligt medan Elaine gav ifrån sig en rejäl nysning. "Är på god väg att få in en fot i riksdagen efter Hansson-fadäsen. Summa kardemumma, jag tog mig ändå tid till att komma och hälsa på. Jag hörde visst att du var både krasslig och nere. Jäkla bekymmersamt allt det där, vet du. Tråkigt också att vi kommer se mindre av varandra framöver. Ja, med det här med riksdagen behöver jag ju leta lägenhet i Stockholm"

En glimt av livsglädje skymtade i Elaine trötta ansikte.
"Se mindre av varandra?"

"Ja, visst. Men bara marginellt såklart" sa Caspar.

Doften av liljorna steg som ett moln från buketten.

"Caspar" insköt Amanda som hade rest sig upp för att mildra situationen. "Har du tänkt stanna och vara med på picknicken?"

I en handvändning befriade hon samtidigt Elaine från blombuketten och gömde den bakom sin rygg.

"Ja, ni ser ju ut att ha fixat det hyfsat trevligt här" sa Caspar och både Amanda och Elaine bävade för att han skulle säga ja. "Självkl…"

"Caspar!"

Alla vände sig om för att se Zacharias komma gående i riktning mot hyresvärden.

"Vad bra att du äntligen är här. Du vet inte vad jag har försökt få tag på dig! Eftersom du inte engagerade dig överhuvudtaget så blev jag tvungen att anställa hantverkare för att fixa mitt läckande tak. Låt mig få överräcka fakturan för hela kalaset. Ska se, jag har den här nånstans"

Zacharias började leta i jeansfickorna. I samma ögonblick utbrast Caspar:

"Jag skulle just till att säga. Självklart inte. Kan inte stanna en sekund till. Ledsen Elaine, vi får träffas längre fram. Har en taxi som väntar där hemma. Den lär dyka upp vilken minut som helst"

Han lade en hand på Elaines axel som adjö och var sedan tillbaka i sin glänsande BMW på två röda sekunder.

"Simsalabim" sa Zacharias utan större inlevelse och visade på sina tomma händer. "Så blir man tydligen av med Caspar Richardsson"

"Tack!" sa Elaine och sjönk tillbaka i solstolen. "Och så om nu bara hela världen ville lämna mig ifred"

Amanda gav Zacharias en tacksam blick och satte sig sedan bredvid Elaine på gräsmattan.

"Vill du verkligen inte ha något med någon att göra?" frågade hon försiktigt.

"Nej!" konstaterade Elaine.

"Vet du vad jag tror…" sa Zacharias och anslöt sig till Elaines andra sida. "Jag tror faktiskt att det är precis tvärtom"

Elaine gav honom en klentrogen blick.

"Du har försökt resa till världens ände för att få vara ifred och allt det där har tröttat ut dig fullständigt" fortsatte Zacharias.

"Ingen lyssnar" muttrade Elaine från sin solstol.

Det gick upp ett ljus för Amanda.

"Precis!" utbrast hon. "Nu förstår jag alltihop. Varför kallade du din uppfinning för Megafonen? Jo, för att den behövde överrösta allt annat brus. Den var ditt rop på hjälp"

"Dumheter!" konstaterade Elaine.

"Jag tror inte det" sa Zacharias medan han omedvetet sysselsatte sig med att dra upp några grässtrån från den något vildvuxna gräsmattan. "Du sökte isolering och ensamhet men ville egentligen bara bli hörd. Fast det blir man ju inte i ett vakuum. Det behövs en mottagare"

"En vän" tillade Amanda. "Eller två"

"Ni menar alltså att allt är en paradox" sa Elaine och såg fundersam ut. Hon började vänja sig vid idén. Rent av acceptera den.

"Just det!" sa Zacharias. "En paradox, i likhet med födelsedagsparadoxen"

"Vadå?" insköt Albert. Han satt kvar på picknickfilten och höll ett vakande öga på den morrande Lou.

"Sa du födelsedagsparadoxen?"

"Avrundat till sannolikhet 50,7 procents chans att det i en grupp av 23 slumpmässigt utvalda personer finns två med samma födelsedag" sa Zacharias mekaniskt.

"Det där kan inte stämma" protesterade Albert. "Det går ju för tusan 365 dagar på ett år"

"Därav paradoxen" sa Zacharias.

Amanda ignorerade killarnas samtal och vände sig till Elaine med orden:

"*Jag* lyssnar"

Ett litet leende lekte över Elaines ansikte. Det spred sig vidare till hennes ögon som en elektrisk gnista ljus.

I bakgrunden utbrast Albert att han minsann skulle undersöka om den där födelsedagsparadoxen stämde in på det närvarande sällskapet.

"Jag räknar in Pingo och Lou" tillade han. Zacharias himlade med ögonen.

"Det här är ju riktigt trevligt egentligen" sa Elaine och reste sig upp från solstolen med det röda håret utspritt över axlarna. "Var hittar man egentligen Camemberten och de där färgglada drinkarna som alla pratar om?"